すぐそこにある希望

すべての男は消耗品である。Vol. 9

村上　龍

幻冬舎文庫

すぐそこにある希望

すべての男は消耗品である。vol.9

Contents

クール・ビズと経済制裁

Wednesday, June 22, 2005 10:25 AM

『半島を出よ』が出版されて、自分で思っていたよりも売れて、だいたい書評も出尽くした感があり、その間イタリアとキューバに行き、さらにW杯アジア最終予選の北朝鮮戦を見にバンコクまで行って、この「消耗品シリーズ」の第八巻『ハバナ・モード』がそろそろ上梓《じょうし》されるというこのとき、なんだかボーっとしている。そろそろ次作に取りかからなければいけないのだが、ぼちぼちと資料を読んでいる程度でまだ一行も書いていない。

『半島を出よ』に対してはいろいろな人がいろいろな評価や批評をして、それぞれうれしく読んだり、わかってないなと思ったりしたが、どこか自分とは関係のないところで行なわれている儀式を見ているような感じだった。評価や批判がすべてトンチンカンなものだったという意味ではなく、当たり前のことだが書き上げた作品はすでに過去で、わたしにとっては執筆がすべてだったのかも知れないと思った。だが、あの箱根での執筆の日々には絶対に戻りたくない。地獄だったというわけではなく、苦労したというわけでもないが、とにかく大変だった。

『半島を出よ』を出版して、二度の海外旅行から戻って日本の現実を見ると茫然《ぼうぜん》とする。アジアでの政治的孤立がアメリカとの同盟関係によってファイナンスされているといういびつな状態がずっと続いていて、メディアを含めほとんどの人がそのことを合理性ではなく情念で捉《とら》えようとしているように見える。アメリカとの間に利害の対立が起こったらどうするのか、というシミュレーションがほとんどない。ブッシュ政権が永遠に続くわけではなくて、ブッシュ後のアメリカの対中国政策がどうなるかもわからないのに、日本政府はアメリカに依存するという戦略を採り続けている。とりあえず国際政治の話題は止めよう。考えていることはだいたい『半島を出よ』の中に織り込んだ。

＊

「クール・ビズ」という政府主導のファッション運動がトピックスになった。オフィスの冷房温度設定を二八度にするために、ネクタイを外しシャツで勤務しようというものだ。政府は某代理店に二〇億以上の資金でパブリシティ戦略を丸投げしたらしい。地球環境を考えるのだったら、いっそのこと法律を作ってしまえばいいと思う。七月と八月、それに九月の一〇日くらいまで、オフィスでのスーツ&ジャケットとネクタイの着用を法律で禁止すればいいのだ。そしてスーツ&ジャケットとネクタイは仕事ではなく余暇にたとえばフレンチレストランに行くときだけ許可するとか、そういう風にすればいい。

日本のスーツとネクタイは脱亜入欧とホワイトカラーの象徴だった。サウジアラビアではいまだに男性はトーブと呼ばれる長い白のワンピースを着ているが、それは急激な西欧化を拒むためらしい。イスラムの国々には西欧先進国に対する警戒心が根強く残っているが、それは原理主義者だけではなく合理的なイスラム教徒にまで浸透している。アイデンティティを確かめるために、つまり西欧との文化的な対立と違いを確認するためにサウジの男たちはトーブを決して脱がない。

わたしは、ちょんまげと和装を捨てた日本人の男たちがダメでサウジアラビアの男たちが偉いと言いたいわけではない。歴史的に西欧との関わり方が中東と日本では違うので単純には比較できないからだ。だが文化的な対立点をあえて残して急激な変化を拒み異文化の受け入れ方をその間に検討するという戦略は参考になるのではないかと思う。わたしたちの社会には対立は基本的に好ましくないという考え方がある。対立をあえてキープして、急激な変化に対抗し、ある一つの考え方やシステムに盲目的に従うことに警戒心を持つという戦略はほとんどない。

　ＥＵ憲法を採択するかどうかという国民投票ではフランスとオランダが拒否を示した。日本のメディアは、ＥＵの一大事だと報じたが、ヨーロッパのわたしの友人たちはまったく違った反応をしていた。つまり、ＥＵという大きな共同体を作っていくときにあまりに性急にことを進めないほうがいいのではないかと、フランスとオランダの国民投票の結果は単にそういうことで、ＥＵの理念が拒否されたわけでもないし、ヨーロッパ統合は依然として広く支持されているというようなことだった。フランスとオランダ国民はＥＵ統合の進め方に対立を残そうとしたのだと思う。対立するポイントを残しておくというのは、面倒臭いが、ある大きな流れの中に違う選択肢と、それに内省と批判力を潜ませておくという意味で有効だ。

　考えてみれば、政治や外交や経済には必ず対立するポイントがある。北朝鮮問題などではそれは比較的露《あら》わになって見えやすい。日本は、核問題では北朝鮮に六カ国協議に参加を要請する立場だ。だが北朝鮮は六カ国会議への参加を外交カードとして使い、拉致問題を会議の議題にしないことを条件にしてくる可能性がある。あるいは日本の会議への参加を拒否することも考えられる。核問題と拉致問題の包括的な解決などと日本政府は寝ぼけたことを言っているが、いずれどちらを優先するのか判断を迫られる。

　どうせそういった事態が訪れるのなら、今から準備をして世論を見定める必要があるが、そういった議論はどこにもない。アメリカにしても中国にしても、おもな関心は北朝鮮の核だ。北朝鮮が本格的な核武装を終えてしまうと、反テロ戦争の政策をアメリカは変えないだろうから、東アジアの軍事バランスは危うくなって、中国にとっても韓国やロシアにとっても極めて面倒な事態になる。わたしは金正日が発狂したとき以外、北朝鮮が核爆弾を実際に使用することはないと思っている。発狂というのは、自らの政権と北朝鮮という国と国民もろとも東アジアをむちゃくちゃにしようと決意するという意味だ。

だが金正日は核兵器を持てば、それを外交交渉に使うだろう。かつてのパキスタンとインドがそうだった。相互に核を持ち合うことで世界的な関心を引き、両国の紛争を解決するためにいろいろな意味での援助を引きだそうとしたのだ。インドとパキスタンが核戦争をするのはどの国にとっても利益はない。だから世界はカシミールを巡る紛争に関心を示し、両国が豊かになれば解決の糸口が見つかるだろうということで、さまざまな形で援助を考えるようになる。

日本政府はいまだに経済制裁については何も言及していない。経済制裁を実際に発動するのと、それについて準備を進めると公言することはまったく違う。経済制裁について、それを外交手段の一つとして準備を進めると公言するのは、まさに対立点を自ら作り出して今までとは違う選択肢を発生させるということだ。当然北朝鮮は態度を硬化させるだろうし、アメリカや中国や韓国との間にも新しい緊張が生まれる。だが、日本が拉致問題をどれほど重要視しているかを各国に訴える手段はそう多くはない。

経済制裁は戦争に含まれるという国際法の解釈もあって、根本的には核兵器と同じで、アメリカや中国の同意を得ないまま実際に発動してしまうと効果がない割りに日本は孤立してしまうだろう。今の議論は、経済制裁をやるのかやらないのかということに終始しているように見える。経済制裁という対立点を作り出すという発想は少なくとも政府にはないようだ。もちろんそれは対立は善ではないという国民性だけが原因ではないだろう。しかし、政府にもメディアにも、対立点を作り出して、北朝鮮および各国との新しい緊張によってあえて不安定な状況を発生させておいて国家としての優先順位を示すという考え方はない。こういう状況では日本は六カ国協議でイニシャチブを取ることなど不可能で、永遠にアメリカに依存しなければならない。

貧乏な老人はどう生きればいいのか

Monday, July 18, 2005 10:38 PM

やっと次の作品の準備を始めた。『半島を出よ』を脱稿した直後、某出版社の編集者数人と久しぶりに行きつけのバーで会って、いくつかの作品のアイデアについてべらべらと雄弁に話した。そのとき、大作の執筆が終わって茫然としているかと思ったら次の作品の構想がすでにしっかり出来ているなんてさすがですね、と編集者たちは驚いていた。確かに小説のアイデアはいくつかある。今すぐに取りかかれる作品もあれば、長い取材が必要なものもある。だが、今考えてみるとわたしは書き下ろしを終えて単に興奮しているだけだった。

『半島を出よ』が出版されてからすぐに、わたしはまずスロベニア経由でイタリアに行った。ほとんど二年ぶりのイタリアで、フィレンツェに長逗留するのは初めてだった。イタリアから戻るとすぐにキューバに行った。いつものようにニューヨークとカンクンを経由し、カンクンではリヴィエラ・マヤという隠れ家のようなリゾート地の、スパが有名なホテルに泊まった。そのホテルのメインダイニングの、ヌエベ・メヒカーナとも言えるフレンチ風メキシコ料理はすばらしかった。キューバ料理も同じだが、旧宗主国であるスペインのワインがとても合う。

キューバでは、音楽イベントで表彰されたり、バンボレオというオルケスタを秋に招聘《しょうへい》するための交渉をしたり、そして次の小説の取材をしたりした。

キューバから帰ってすぐにバンコクで行なわれた日本対北朝鮮というW杯予選の無観客試合を見に行った。バンコクは三回目だったがオリエンタルホテル（現・マンダリン・オリエンタル・バンコク）に初めて泊まった。評判通りのすばらしいホテルで、本場のタイ料理はこれも意外にワインに合って、またいつかゆっくり来ることにしようと決めた。バンコクのあと上海に行った。初めての中国で、暑かったが、まず食事がおいしくてびっくりした。そうやって旅行を重ねる間に、いつの間にかからだの中に次作へのモチベーションが生まれているのに気づいた。

もう数年前だが、シェパードとサッカーボールで遊んでいて、右手の薬指の爪を根元から噛み千切られたことがある。爪がベロンと剝《は》がれたのだ。爪の母細胞が抜けていたらもう生えてこないですよと医師から言われた。爪はまるまる取れていたので半ばあきらめていたが、数週間後に根元に硬いものを見つけた。新しい爪が生えてきたのだ。イタリアとキューバとバンコクと上海に行ったあと、次の作品のモチベーションが誕生しているのに気づいたとき、その爪のことを思い出した。モチベーションというのは意識して掘り起こせるものではないのかも知れない。きっともっと深い無意識の領域から湧き上がってくるものなのだ。

＊

新作のために、老後とか定年とか年金について調べ始めた。いつの間にこれほど老後が不安定なものになってしまったのだろうか。そう言えば、何度か招かれた金融機関の「投資セミナー」みたいな場所には、学生と一緒に老人たちが大挙して講師の話を聞きに来ていた。大勢の人に、預貯金と退職金と年金だけでは平均寿命まで生きるのに足らないのではないかという不安があるようだ。年金の計算は複雑で、そこら辺の本を数冊読んだだけではとてもつかめない。自分が、いつからいくらの年金をもらえるのか、それもどうやら簡単には把握できないようだ。

ただ、年金制度が将来的にとても保《も》ちそうにないということで老後の不安が始まったのか、それとももっと以前から、たとえばバブル崩壊のあとの経済の縮小がそもそもの原因としてあるのか、あるいは都市化の波にさらされ続けて大家族制と「世間」が消滅したのが根本にあるのか、わたしにはまだわからない。

だがはっきりしていることもある。たとえばホームレスと呼ばれるようになった浮浪者の数がわたしの子ども時代よりもはるかに多いというようなことだ。

ホームレスが増えたのはバブル後の不況がおもな要因だろう。だが不思議なことに、わたしの少年時代よりもはるかに豊かな社会で、ホームレスと呼ばれる浮浪者が増えている。ホームレスについては以前にもこのエッセイに書いた。大家族制や「世間」が機能していたころは、職や住居や家族を失っても、生まれ故郷の村や町内に戻れば、誰かが家に泊めてくれたり、農作業や漁を手伝って食べ物や賃金を得ることができた。

核家族の2DKは、大家族制の田舎の一軒家に比べると、浮浪者になりかけた親戚を泊めるのに向いていない。人の目もあるし、だいいち2DKのマンションの子ども部屋に、それほど親しくもない親戚を泊めるのは極めて異常なことで多大なストレスがある。ホームレスと呼ばれる浮浪者が都市部の公園などに大量に発生したのと、定年後・老後が不安視されるようになったことにはおそらく共通の原因がある。

＊

三年前に椎間板ヘルニアを患ったとき思ったのは、こういう状態で金がないと辛《つら》いだろうなということだった。今考えるとわたしの症状はそれほど重かったわけではないが、とにかくしばらくは生活が不自由だった。手術はせずに、神経ブロック注射で痛みを取って、ありとあらゆる方法でリハビリに努めたが、その中にはかなり高価なものも含まれている。こういうとき生活に余裕がない人はどうするんだろうと考えた。そして西新宿の公園などで足をひきずりながら歩いているホームレスの姿を見かけては、彼もヘルニアじゃないだろうかと思ったりした。

スポーツジムに行っても、スパでマッサージをしているときも、国内や海外を旅行しても、腰のことを考えると、歳《とし》を取ってからだを悪くして金がないと辛いのだと考えるようになった。ある程度仕事をこなしながら腰をいたわるためにはどうしても金が必要になる。定期的に鍼《はり》治療やマッサージを受けるのも、スポーツジムに入会するのも、温泉に行くのも金がかかる。そもそもそれなりの資金がなければ治療のために休暇を取ることもままならないだろう。世知辛く切実な話だが、腰が悪いときは、新幹線のグリーン車や国際線のファーストクラスに乗ることができる境遇であることを天に感謝したものだ。この状態でエコノミークラスで一二時間飛行機に乗るのは耐えられないと何度も思った。

もちろん自分に金がなくても、社会的な尊敬か地位があれば国際線のファーストクラスに乗ることは可能だ。たとえば政治家や大臣や官僚は税金でグリーン車やファーストクラスに乗るだろうし、企業幹部は会社の費用でそれらを用意してもらえる。歳を取ったときに経済力か社会的尊敬がなければ辛いのだと実感し、どうしてそういったアナウンスメントが日本の社会にないのだろうと考えた。

まず江戸時代や明治初期、高度成長が終わるころまでは平均寿命が今と比べれば極端に短く、六〇を過ぎても生きている人は絶対的に少なかった。それと当たり前のことだが、医療技術が発達していなかったので老後の経済力や社会的尊敬の差というのは、高価な漢方薬を買えるとか買えないかくらいで、それほど問題にならなかったのかも知れない。そしてさらに大家族制と「世間」が前述のように老人福祉を支えたのだろう。近代化途上にあって老人がことさら大切にされてきたとは思わないが、少なくともホームレスにならずにすむようなシステムはあったのではないかと思う。

それが今はない。だが、老後に経済力と社会的尊敬がないと生きるのが辛いというようなアナウンスメントもほとんどない。定年後や老後、そして年金や保険に関する書物を読むと暗澹《あんたん》とした気分になる。貧乏な老人はこれからいったいどうやって生きればいいのか、誰も真剣に考えていないようだ。

北朝鮮コマンドの「文脈の断片」

Sunday, August 28, 2005 11:25 PM

この数年ずっと大手既成メディアの批判を繰り返してきて、若干の徒労感がある。いくらエッセイで書いてもまったく変化がない、という徒労感とは違う。エッセイで批判することで大手既成メディアの「文脈」に変化があるはずだという期待などわたしは持っていない。徒労感の本質はそういったものではない。

四月にイタリアで中田英寿に会って、彼が日本代表に感じるという違和感のことを話した。いくら言っても伝わらない、と中田はわたしに言った。それは、一対一の局面で負けるなとか、もっと身体《からだ》を張れとか、死ぬ気でタックルしろとか、言葉で言うとそういうことになるが、そういった表現では絶対に伝わらない気がすると彼は言ったのだった。それを聞いて、確かに伝わらないだろうなとわたしは思った。そして、わたしは『半島を出よ』を書き始めたときのことを思い出し、たぶん伝わらないけど言い続けることが必要じゃないだろうかと中田に言った。

あとがきにも書いたが、『半島を出よ』という作品は、今のままでは絶対に書けないが書き続けないと始まらない、という思いで書き始め、書き終わるまでその態度を持続させなければならなかった。この消耗品シリーズの第八巻である『ハバナ・モード』の中にもそういったことを書いた。

「努力というのは、本来その内部にある矛盾を抱えている。『最終的には何とかなるはずだが現状ではまったく不可能だ』というような矛盾だ。その矛盾は、十数年前、映画『KYOKO』の映画化を準備していたわたしにあったもので、また『13歳のハローワーク』の製作中、幻冬舎のスタッフに心構えとして言い続けたことだった。そして、そういった矛盾を内包した態度と努力は、『半島を出よ』の準備から校了まで必須のものだった。何とかなるという前提とこのままではダメだという絶望が同居して、その二つを近づけ混在させるためにあらゆる努力が必要となるという考え方は、この日本社会にはほとんどない」

引用した部分は、『半島を出よ』という作品を書き続けるために必要な「態度」についてだ。もう一つ、なぜそういった態度が必要なのかという問題がある。『半島を出よ』という作品を書き始めるときに絶望的になっていたのは、北朝鮮の特殊戦部隊兵士を語り手にしなければならず、それは不可能に近いとわたし自身が理解していたからだ。北朝鮮の特殊戦部隊兵士のことを「文脈」として理解できるわけがない。

文脈というのはとてもわかりにくい。ちょっと長いが、わたしの最新のエッセイ集のあとがきの一部を引用する。

「ジョン・ウー監督、ニコラス・ケイジ主演の映画『ウインドトーカーズ』の中に興味深いシーンがある。映画は、ネイティブアメリカン・ナバホ族の暗号通信兵ヤージーと、その護衛にあたるニコラス・ケイジ扮するベテラン兵士エンダーズを巡る戦争活劇で、舞台は第二次大戦後期の太平洋の島々だ。ある島でヤージーとエンダーズの部隊は強力な敵に遭遇し、また味方の砲兵部隊からの誤射を受けて、無線機が破壊されてしまう。何とかして味方砲兵部隊に正確な砲撃地点を知らせないと全滅するという窮地に追い込まれる。そこでヤージーが、『自分は東洋人に似た顔をしているから、日本兵の戦死者の軍服を着て、日本軍司令部まで行き、日本軍の無線機を使って通信する』というアイデアを出す。エンダーズは、『それではすぐに見破られて撃たれてしまうのでおれを捕虜にして、敵司令部まで行こう』と助言し、かつて捕虜にした日本兵の尋問で覚えたという『ホ、リョダ（捕虜だ）』という日本語を教える。両手を上げ前を歩くエンダーズに三八式歩兵銃を突きつけ日本兵の服を着たヤージーは、『ホ・リョダ、ホ・リョダ、ホ・リョダ』と叫びながら日本軍の前線に侵入していくのである。

わたしは白けてしまってそのシーンでDVDを止めてしまった。『ホ・リョダ』という言葉は敬語ではなく、ヤージーが戦死者から剝いだ軍服は将校ではなく兵士のものなので、日本軍内では通じない。貴様何をしとるか、と大声で問う上官に対して、ヤージーは単に『ホ・リョダ』と叫ぶだけだ。実際の戦場でそんなことをしたらすぐに撃ち殺されてしまうだろう。つまり、映画の脚本が旧日本軍と日本語に対応できていないのである。正確に言うと、旧日本軍と日本語の『文脈』に対応していないということになる」（シングルカット社『村上龍文学的エッセイ集』あとがきより）

＊

文脈というのは、単線的なある言葉や考え方ではなく、ある個人や共同体の背後にある膨大な概念の塊《かたま》りのようなものだ。それはまさに外国語のように、全体と細部を同時に捉えないと決して理解できない。だが、その外側にいる人間には絶対に理解できないというものではない。

『半島を出よ』を書く前にわたしは日本で出版されている北朝鮮関係の本を片端から読んだ。やがて、北朝鮮のコマンドの「文脈」の「断片」のようなものがからだに刷り込まれたのではないかと思える一瞬が何度か訪れるようになった。単線的な言葉ではないので、その感覚を説明することはできない。あるときわたしは北朝鮮のあるコマンドをイメージして、福岡の能古島に上陸させ、シーホークホテルにチェックインさせて、部屋に置いてあるティッシュペーパーの柔らかさに驚くシーンを書いた。別の文脈で育った人間がそれまでとは異なる文脈を持つ場所にやって来たとき、何に驚き、何に怒り、何に安堵《あんど》するのか。基本的には、そういったことを「理解して」小説を書くのは不可能だ。だが、彼の文脈の断片が見えていると、彼の反応の断片を書くことができる。

＊

わたしは、資料を読むことで北朝鮮のコマンドの文脈の断片を入手したことを自慢したいわけではない。今後は文学だけではなくさまざまな分野で違う文脈を持つ相手とのコミュニケーションを図ることが必要になるだろうという予感を持っているということだ。中田英寿が、イタリアで獲得した「文脈」を何とか代表の他の選手に伝えようとするのは、リーダーとしての責務に燃えているからではない。単に試合で勝ちたいからだ。

文脈を超えたコミュニケーションがこれから必須になるのは文学やスポーツだけではない。外交や産業など国際競争と国益が交錯する領域では、それが死活問題となる。他国や競合企業と協力するのか対立するのかという二者択一の選択ではなく、協力事項と対立事項を複雑に絡み合わせ織り込んでいく緻密な作業が必要になる。たとえばある技術をグローバルスタンダードとして世界相手に売り込む場合にも、どれだけ広範囲な利益を代表しているかということが問われるだろう。

この原稿は郵政解散となった総選挙の公示の翌々日に書いているが、今回の選挙はこれまでとは少し違うものになっていると思う。郵政民営化で自民党が事実上割れたために、誰が誰の利益を代表しているのか曖昧《あいまい》になった。自民党の執行部と県連、候補者と支持層に亀裂が入っている。自民党に限らず各党の候補者は、これまでとは違う方法で支持を訴えなければならなくなった。無党派層や対立候補の支持者を奪わなければ勝てない選挙区が増えているようだ。つまり、異なった文脈を持つ有権者にも理解できる政策を語らなければならなくなったということになる。

もちろんそういった事実を自覚して言葉を磨いている政党や候補者は今のところ皆無だ。だが文脈の問題には無自覚でも、彼らはある種の困難さだけは自覚しているように見える。ひょっとしたら社会的な文脈というものはそうやって変化していくのかもしれない。ただし、言うまでもないことだが大手既成メディアはそういったことにまったく注意を払っていない。

「この程度」の外交能力

Sunday, September 25, 2005 11:38 PM

総選挙で小泉総理が率いる自民党が大勝した。歴史的大勝と大手メディアは大騒ぎしたが、結果は最初から予想できたことだ。わたしは自民党が大勝したことを喜んでいるわけでも憂いているわけでもない。この選挙結果は当然だと思っているだけだ。小泉総理と自民党の郵政民営化推進派だけが、国会で否決されたら解散すると一貫して明言し、危機感を持って総選挙に備えていた。国民に郵政民営化の是非を問うという目的の解散総選挙だったわけだから、民営化推進派の候補者がいない小選挙区にそれなりに強力な候補者を新たに立てるのも当然のことだった。大手既成メディアは「刺客」などというわけのわからない呼称を使ったが、そんな比喩にはまったく何の意味もなかったし、そういった呼称で揶揄すべきことでもなかった。

今回の選挙は画期的なものだったと思う。与党が単独過半数を大幅に超えたとか、これで憲法改正も可能になったとかそういった意味ではない。自民党が割れたとか、そういったことでもない。大手既成メディアが政治の現実を伝えきれないことを露呈したという意味で画期的だったのだ。

＊

六カ国協議の共同声明の中の、「アメリカ合衆国は朝鮮半島において核兵器を有しないこと、および朝鮮民主主義人民共和国に対して核兵器または通常兵器による攻撃または侵略を行う意図を有しないことを確認した」という条項は、拉致問題を抱える日本にとっては衝撃的なものだった。『半島を出よ』という小説の準備でいろいろな資料を読んでいて、金正日政権はアメリカによる軍事攻撃をもっとも恐れていると思っていたからだ。イラクのフセインのように潰されることが金正日にとってもっとも恐《こわ》いことだった。だが、共同声明にはっきりと盛り込まれた条項により北朝鮮はもっとも恐れていたことを回避できたことになる。

なぜアメリカがそういった条項に同意したのか、わたしにはわからない。中東と東アジアの二つの地域で戦争はできないから、北朝鮮への軍事攻撃のオプションを放棄したという見方もできる。だとしたらイラク駐留を終わらせるどころか、イランやシリアにも攻め込み政権を倒す意図があるという深読みもあるだろう。だが、中国との利害が大きく影響したという見方もある。中国はアメリカによる北朝鮮への軍事攻撃を絶対に容認できない。北朝鮮が崩壊したら大量の難民が中朝国境を越えてなだれ込んでくるし、アメリカ軍と中国人民軍が国境をはさんで対峙《たいじ》することにもなる。

韓国も状況は同じだ。アメリカ軍に攻撃された場合、北朝鮮は在韓米軍に対し反撃を試みるだろう。弾薬や燃料が圧倒的に不足しているから、北朝鮮は持久戦はできない。だがたとえば三八度線のすぐ南にあるソウルは、北朝鮮の通常兵器だけで火の海になる。そんなことを韓国が望むわけがない。日本は拉致問題で北朝鮮と対立の火種を常に抱えているわけだが、アメリカの共同声明における言わば「不可侵」の表明は本当に日本の国益になるのか疑わしい。北朝鮮にとってはアメリカの軍事攻撃という最大のプレッシャーがなくなったわけで、今後の拉致問題の交渉にとってどう影響するのか不明だ。もちろん共同声明でアメリカが「不可侵」を表明する代わりに、拉致に関する日朝会議を、米中双方が北朝鮮にプレッシャーをかけ確約させたという見方もできる。だが、拉致という文言は共同声明には一言も盛り込まれなかった。

北朝鮮という国は、本当に持っているのかどうかわからない核を交渉材料に使って、共同声明でアメリカからの不可侵を手に入れた。これで北朝鮮が本当は核なんか持っていなくて、ブタをフォーカードだと思わせてブラフをかませ、相手を降ろさせたのなら歴史に残る快挙となるだろう。そういうしたたかな外交能力を持つ国が、誠意ある対応で日本との二国間会議に応じてくれというアメリカの意向に素直に応じるとは思えない。

わたしは日本の外務省のナイーブさを批判しているわけではない。外務省の外交というのはおそらくこの程度だろう。この程度という意味は、拉致を巡る日朝会議の開催と継続を、アメリカの担保なしでは実現できないという意味だ。日本は外国的にほとんどすべてのリスクをブッシュ政権にファイナンスしてもらっている。東アジアにおける外交的なリスクヘッジとなっているのはブッシュ政権との友好関係だけだ。仮に二〇〇八年に民主党が政権を奪ったとして、そのあとも今のような友好関係が機能するのかどうかわたしにはわからない。

わたしが不思議なのは、六カ国協議の共同声明で、アメリカが北朝鮮への軍事的不可侵を表明したことが日本の大手既成メディアであまり話題にならなかったことだ。これはアメリカが東アジアでのさらなる緊張を嫌った証拠であり、中国が強い影響力を発揮した証拠だ。勘違いしないで欲しいが、わたしはアメリカが北朝鮮を軍事攻撃すればいいと思っているわけではない。米朝戦争が起これば日本も北朝鮮のテロを警戒しなければならない。しかしアメリカによる北朝鮮への軍事攻撃というオプションに実際に依存するのと、それを外交に利用するのはまったく別の話だ。

政治家や外務官僚はおそらくいつまで経《た》っても「この程度」の外交能力しか持ち得ないだろう。外交や安全保障のリスクをすべてアメリカ政府との友好関係で担保するという大きな方針を曲げることはできないだろう。だが大手既成メディアにそういった外交政策に対する批判力がないのは危険だ。日本の政治家も大手既成メディアもハリケーン「カトリーナ」へのアメリカ政府の対応をほとんど批判しなかった。メディアは「アメリカの内部でブッシュ政権に対する批判が起こっている」という報道しかできなかったし、自民党からも民主党からもアメリカ政府への批判はほとんど聞かれなかった。

＊

ブッシュ政権の「カトリーナ被害」への対応はいろいろな意味で象徴的だった。被害に遭ったのはルイジアナのおもに貧しい人たちで、小泉政権のキャッチフレーズであり、そのお手本でもあるアメリカの「小さな政府」の弱点がさらけ出されたとも言えるし、イラクの膨大な戦費が国内のインフラの整備を遅らせていたとも言える。欧州の一部の国では、まるでイラク開戦以来の溜飲《りゅういん》を下げるかのように、アメリカ政府批判が続出したという。略奪などの犯罪が多発したニューオリンズと比べ、暴力団までが救助と復興に協力したという神戸の震災などの例を挙げて日本社会の団結力を、政治家やメディアが誇らしげに内外にアピールしてもよさそうなものだが、誰もそんなことは言わなかった。まるでアメリカの現政権の不手際には目をつぶるという不文律があるかのようだった。つまりイラク問題に対して、あるいは「カトリーナ被害」に対して、「アメリカ内部でこのような批判がある」あるいは「欧州でこのような批判が起こっている」という報道はあっても、自ら実際に批判はしないのだ。

わたしはある記録映像を思い出す。「失われた10年を問う」というNHKの特別番組に出演する際に参考として見たもので、外国人が記録した戦後日本の記録フィルムだ。それには、朝鮮戦争で核爆弾を使用することを提言したために更迭され、アメリカに戻る占領軍司令官マッカーサーを見送る日本人の姿が映っていた。都心から羽田までの沿道は旗を振って見送る人びとで埋められていて、わたしはびっくりした。民主主義を運んできた司令官を好ましく思い退任を惜しむ日本人が大勢いたとしても不思議ではないが、自国を占領していた軍の司令官の帰国に際し沿道を埋めて旗を振って見送るのは異様だ。日本のメディアの基本姿勢はそのころとほとんど変わっていないのではないかと思う。

現代を象徴するキーワードは「趣味」

Thursday, October 27, 2005 10:26 PM

バンボレオの日本公演ツアーが終わった。ボーカルのタニアは日本がとても気に入って、帰りたくないと涙を見せながらバスに乗り込み成田に向かった。ちょうどバスがホテルを出て行ったときに、冷たい雨が降り始め、一週間バンドと行動を共にし、何度もその演奏を間近で聴いたスタッフたちは全員突然の虚脱感に襲われた。わたしは、もうしばらくタニアのCDは聴かないだろうな、と思った。来日前は毎日何度もCDを聴いて、コンサートの曲順やテレビで演奏する曲決めなどをしていたが、もう当分聴くことはないだろうと思ったのだ。飽きたからではない。生のタニアの歌声に触れたあとでは、CDが空しく感じられるからだ。あの圧倒的な瞬間はキューバにでも行かない限り、しばらく戻ってこないのだと思いながらCDで代替するのは耐えがたいものがある。

一三年間キューバのオルケスタを呼んでいるが、こんな気分になったのは初めてかも知れない。二年間呼んだチャランガ・アバネーラと三年間呼んだハイラもすごかったが、今回のような感慨はなかった。バンボレオは実によく鍛えられていて、音楽的にまとまっていて、リーダーのラサリート・バルデスのピアノは群を抜いていた。そしてタニアの声と歌唱力と表現力は想像を絶するものだった。ハバナで聴いたときよりも断然すごかった。たぶんタニアにとって初めての日本ということで気合いが違ったのだろう。また自分のすべてを出したいという強いモチベーションがあったのだろう。

コンサートのプロデュースが終わって改めて思ったのは、何でもわかった気になるのは大間違いだということだった。キューバ音楽を知って一五年近くが経とうとしている。現地でいろいろなバンドを見てきたし、多くの歌手や演奏家をレコーディングに使ったし、多くの友人ができたし、CDやDVDもかなりまめにチェックしているつもりだった。もちろんキューバ音楽には飽きることがない。だが、こういったさらなる驚きがあるとは想像していなかった。もうこんなすばらしいオルガスムはないだろうとたかをくくっていたら、その二段階ほど上のはるかにすごい世界があった、みたいな感じだった。

＊

たかをくくるというのは、ほとんどすべてのものは自分の想像の範囲内に収まっているはずだと無自覚に思い込むことだ。もう驚きはないのだと安定することだ。そういった態度は日本社会のあらゆる領域に蔓延している。もうはるか昔になるが、初めてビートルズやローリング・ストーンズを聴いたときは本当に驚いた。こんな音楽があるのかと思った。そのあとさらにロックに魅了され、輸入レコード屋をまわり、ドアーズやゴングやヴェルヴェット・アンダーグラウンドやジミ・ヘンドリックスなどの海外盤や海賊盤を必死に探したものだ。セックス・ピストルズが登場して、そのバカみたいに単純で悲惨なサウンドに絶望して以来、いつの間にかそういう情熱は失われていった。

クラシックを聴くようになったのはそのころだ。おもにバッハとモーツァルトとワグナーとドビュッシーを聴いて、その美しさに感嘆し、さらに繰り返し聴くようになり、ロックやジャズはほとんど聴かなくなった。そしてその数年後にキューバ音楽と出会った。世界にはまだすごいポピュラー音楽が残っているんだと心の底から驚き、うれしかった。だがどういうわけかそういう興奮状態は長続きはしない。特にわたしの場合、急激にのめり込んでその魅力を味わい尽くし、あっという間に興味を消費してしまう傾向がある。だがキューバの音楽は現地に通い始め映画まで作ったが、興味が尽きることはなかった。わたしのiPod nanoは、音楽データの六割がクラシック、四割がキューバ音楽だ。

勘違いしないで欲しいが、わたしは輸入レコード屋を漁《あさ》っていた自分を懐かしく思っているわけではないし、その当時の音楽状況が今よりもすばらしかったと言いたいわけでもない。だがビートルズには何度も驚かされた。『ア・ハード・デイズ・ナイト』のB面のメロディアスな曲にも、『イエスタデイ』が発表されたときも、『サージェント・ペパーズ』が出たときも、本当に驚いて感動した。だが『ホワイト・アルバム』からはあまりまともに聴かなかったし、『ヘイ・ジュード』や『レット・イット・ビー』は名曲だとは思ったが、もうほとんど関心は失われていた。そのようにして、驚き感動しては興味を消費するということを繰り返してわたしたちはしだいに関心そのものが希薄になっていくのだろうか。

＊

もう完全に死語になっているが、「白ける若者たち」というような表現が流行《はや》った時期があった。何事にも関心が薄く、驚くことがなく、あまり感動もしないというような若者が世間に現われているというようなニュアンスだったと思う。白けるという言葉が死語になったのは、それが常態と化したからだろう。時代は巡って「感動への餓え」という気持ちの悪い現象も見られるようになった。恵まれない人への募金のためにタレントがマラソンを走るような光景が現われるのもそのころからだ。だが現代の日本社会に見られる感動への希求の底には、状況を受け入れそのシステムの内部で生きていくという前提がある。

システムがひっくり返るような、つまり暴力革命に近い変革が起きないのとパラレルで、精神にも決定的な変化は訪れないと誰もが決め込んでいるように見える。考えてみれば七〇年代以降日本社会に決定的な変化はまったく起こっていない。それに呼応するように、以前には見られなかった種類の子どもの家庭内暴力やいじめや不登校や社会的ひきこもりが発生し始めた。それらにどんな相関関係があるのか、わたしにはわからないし、問題にしたいのはそういうことではない。精神を揺すぶり震わせ、基本的な考え方や生き方の変更を迫るような驚きと感動が、どういった要因で失われたのかということだ。生活が快適になって、長い間大きな価値観の変動がないからだろうか。

現代を象徴するキーワードは「趣味」だろう。ありとあらゆることが趣味的になった。考え方や生き方の変更を迫るような作品は好まれない。その作品を見たあとで何か新しいことを始めたくなるような小説や映画やテレビの番組はほとんど消滅した。また現代のほとんどすべての表現は洗練され、何かをなぞるような性格を持っている。感動の精神的機序をなぞるだけだから考え方や生き方を変える必要はない。タレントがマラソンを完走したシーンを見て涙を流しても、せいぜいジョギングを始めたり募金に応じたりするだけで、その人が生き方を変えるわけではない。

＊

キューバのオルケスタを招聘していていつも不思議なことがある。「すばらしかったです」「こんなすばらしいバンドを呼んでもらってありがとうございました」というような賞讃が非常に多く寄せられるのだが、また次の年に前売りに苦労するのはなぜかということだ。そんなによかったのなら次の年もライブを心待ちにして前売りが開始されたらソールドアウトになってもよさそうなのに決してそうはならない。おそらく来年のバンボレオのライブも前売りは売れないだろう。音楽を聴いたというより気持ちのいいシャワーを浴びたとかサウナに入ったとか、あるいは理想的なセックスをしたとか、そういう感覚に近いからかも知れない。だが真の原因はやはり「趣味全盛」と「洗練化」と「なぞること」だろう。いずれも閉じられた共同体の内部でしか起こらない。異文化と他者の襲来に怯《おび》え必死の対応を迫られているときは、そんな余裕はないからだ。

「微妙な違い」が差異のすべて

Thursday, November 24, 2005 3:32 PM

上海とソウルにそれぞれ行ってきた。上海は純粋に蟹《かに》を食べに行った。ソウルは、映画『トパーズ』が公開されるらしくて宣伝のために招待された。上海蟹は非常においしくて、たとえば横浜の中華街や六本木の中国飯店で食べるものとは微妙に違っていた。同じ種類の蟹なのでまったく違うわけではなく、微妙に違っていたのだが、表現のあらゆる領域における重要な差異というのは常に微妙なものだ。上海では、「蟹尽くし」とか「蟹食べ放題」と呼ばれるメニューは避けたほうがいい。上海蟹の味噌はソースとしていろいろ工夫を施すことができる。蟹味噌とキャビアを合わせてもいいし、フカヒレと合わせるのも可能だ。蟹味噌と蟹の肉を混ぜたものを包子《パオズ》に包んだり焼いたパンの上に乗せたりして食べるのが一般的だが、とにかく味のいいソースなので、工夫とアレンジが可能なのである。

だが上海蟹そのものはそのような工夫を拒否する偉大な食材なので蒸したものをそのまま

食べるべきだ。元イギリス租界のおしゃれなビルの中にある有名なヌーベル・シノワの店では、茶碗蒸しのような卵＋豆腐に沈めるようにして蟹を出してきたが、そんな小手先の工夫は意味がない。その店のシェフは一流でわたしは技術とセンスに敬意を払っているが、上海蟹に関しては落第だった。上海蟹というのはそれ自体が食材でもあり料理でもある。上海蟹は、もちろん充分に火が通っていなければならないが、味噌が硬くなってもいけないという厳密な蒸し具合が要求される。茶碗蒸しに沈めるというような小手先の工夫に走ると、その厳密な蒸し時間が狂ってしまう。

上海蟹には驚き、感動した。だがこんなにおいしいものはこの世にはないというようなおいしさではなかったし、だいいちそんなおいしさを持つものはこの世にはない。しかし、横浜中華街や定宿の中華レストランで食べる上海蟹とは「微妙に」違った。何かが微《かす》かに、それして絶妙に違っていて、それがおそらく上海蟹の持つ魅力のすべてなのだ。そういう例は蟹の他にもいろいろある。音楽や文学も同じだ。優れた小説や音楽は他と比べて圧倒的に段違いにすごいわけではない。必ず「微妙に」違うが、その違いこそが圧倒的に重要なのだ。

春のフィレンツェでラファエロとボッティチェルリを見たときも同じようなことを思った。ラファエロと、他の画家の絵は、聖母子像や受胎告知といった同じテーマを扱っていても、構図やデッサンの輪郭や色遣いとその配置が「微妙に」違う。その微妙な違いの集積が、全体としての絵の印象をまったく違うものにしてしまうのだが、それにしてもラファエロの絵が他の画家とまったく根本から違うというわけではない。

たとえば日本代表の他の選手たちと中田英寿の違いもそれぞれのプレーに関しては実に微妙なものだ。中田が他の選手よりも二倍強いキック力を持っているわけではないし、二倍の運動量があるわけではない。だが中田のパスは他のどの選手よりも正確で、運動量も一コマ三か四程度多く、ゲーム全体や敵選手の動きを予測する能力も優れていて、それらを総合するとピッチにおいて他の選手とは図抜けた存在となってしまう。パスの正確さというのは、その方向と高さ、ボールを蹴る強さと回転が微妙に制限されていて、確実に目的のポイントに届くということだ。正確さというのは決して派手なものではない。むしろ充分にコントロールされているので抑制されたイメージがある。

だからわたしたちは感動するとき、その作品やパフォーマンスの「微妙な差異」によって心を強く動かされる。だが実際に作品を表現していくとき、差異を際立たせるのは簡単ではない。だから能力のない表現者は、差異を際立たせることを避けて、定型をなぞろうとする。自分や他人の過去の優れた作品の中にある「差異」を上手になぞることができれば、それは洗練と呼ばれる。洗練は趣味と並んで今の日本社会を読むキーワードの一つだ。洗練は高い技術が必要で、基本的に閉じられた共同体の中で成立する。価値観が違う外国の軍隊に占領されているというような特殊な状況では洗練はあり得ない。価値観や歴史や宗教が違う相手とのコミュニケーションにおいても洗練は優先されない。

＊

ソウルでは、主要新聞やテレビ、それにいくつかの雑誌やウェブサイトの取材を受けた。インタビューはホテルのわたしの部屋で行なわれたが、一昨年に脱北者を取材したときと同じタイプの部屋だった。そのホテルは明洞《ミョンドン》からすぐの場所にあって、なじみの海鮮料理屋に近いからわたしの定宿になっている。そして一昨年も今回もリクエストした部屋のタイプはエグゼクティブスイートだった。だから部屋のタイプが同じなのは当然なのだが、脱北者取材のときの強烈な疲労感と感慨がよみがえった。

脱北者の取材に比べると、映画『トパーズ』に関するインタビューは、トンチンカンな質問も多少あったが、全然疲れなかった。遅い午前中に取材が始まり、昼には配給会社の社長と参鶏湯《サムゲタン》を食べて、また夕方まで取材を受け、そのあとプールに行って泳ぎ、あかすりとマッサージをして、海鮮料理や韓定食や参鶏湯や焼き肉を食べに行った。韓国料理はほとんどすべて好きなので、目当ての料理屋に行くときはワクワクした。上海でも、蟹、蟹と呟《つぶや》き、ワクワクしながらレストランに向かったなと思い出し、ケジャンやユッケや牡蠣《かき》のチヂミを想像しながら歩くのは楽しかった。

一昨年の取材では、脱北者に話を聞いたあとにものすごく疲れてホテルを出る気力がなく、五日間のうち四日はホテルの中にある韓国料理屋で夕食を済ませた。そのことを今回の滞在中何度も思い出した。『半島を出よ』を実際に書き終えたのが大きいのだろうと思った。確かに脱北者の取材は異様に疲れたが、外に出る気力さえなかったのは、取材内容とまだ取りかかっていない小説の計り知れない遠い遠い距離を思ったからだった。

＊

もうすっかり忘れていた映画『トパーズ』のエピソードがインタビューされるうちにはっきりとよみがえってきた。

「この映画には救いがないように思えますが、どうなのでしょうか。ヒロインは映画の最初から最後までずっと反倫理的なコールガールであり続けますから」そう聞かれて、わたしは映画のラストカットについて語った。タイトルロールのあとでヒロインがラテンダンスを踊るカットではなく、赤いヴィトンのカバンが画面いっぱいに映ってストップモーションになるカットだ。この映画の最後はヒロインがＳＭの仕事に行くときにいつも持っている赤いヴィトンのバッグのアップで終わらなくてはならないと突然に気づいた、とわたしは話した。

「あのバッグはヒロインの『恥』の象徴であると同時に、『自立』の象徴でもある。だから退廃に充《み》ちた夜の東京で、無自覚に、また切実に、個的な希望を探すヒロインをあのバッグのアップとストップモーションで表現したいと思った。バッグを持っていそいそと歩くヒロインでもダメだし、ここぞとホテルに入っていくカットでもダメで、トイレで化粧を整えたあと、勢いよく振り返って歩き出す瞬間に、手に持ったバッグがアップになる。ヴィトンのバッグはほぼ画面いっぱいに広がり、その赤い静止映像はぶれているが、あのバッグだと観客が理解できる映像でなければならなかった」

話しながら、わたしは感覚と論理で構築された表現上の微妙な違いがいくつかあるかどうかで作品の質が決まるのだと当たり前のことを考えた。

「戦争概念」の変化

Thursday, December 22, 2005 1:56 PM

日本の経済・産業構造が変化しているのに、大手既成メディアをはじめとした文化の側は旧来の高度成長時の文脈しか持っていないとこれまでくり返しこのエッセイでも書いてきた。状況が大きく変化しているのに、文脈の対応が遅れるのは日本だけのことではない。戦争のような、国家的で巨大なプロジェクトにおいてもそういった傾向が見られる。戦争、と聞いてわたしたちはどういう情景を思い浮かべるのだろうか。実際に戦争を体験した世代以外、そのイメージはおもに映像や文字で紹介されたものだろう。しかしその時代の、おもにエネルギーおよび科学技術、それに地政学などによって戦争の内実は違ったものになる。

第一次世界大戦では、それまでには存在しなかった兵器が出現したことによって戦略や戦術が大きく変化した。機関銃の出現は、それまでの草原における歩兵部隊同士のぶつかり合いという地上戦の様相を一変させたと言われる。それまでの地上戦は、隊列を組んだ敵味方の歩兵が大草原で対峙し、突撃して、迎え撃つ、というようなものだった。ナポレオンの時代を描いた映画などでよく見られるやつだが、まず砲撃があり、次に騎兵が突撃して、そのあとに隊列を組んだ歩兵がざっざっと行進してきて、一斉射撃のあとで白兵戦になる、というようなものだ。

第一次大戦の初期には、そうやって隊列を組んで攻撃のために行進してくる歩兵部隊は機関銃にバタバタと倒された。信じられない光景だった、という兵士の回想が紹介される記録映画を見たことがある。その兵士はホッチキス社製の重機関銃の射手だったのだが、いまだ機関銃の威力を知らない敵はまるで人形のようにバタバタと倒れて死んでいき、先頭の将校はまるでナポレオン時代のようにステッキを持って軽やかに歩いてきたのだそうだ。もちろんその将校はあっという間に機関銃によって倒された。やがて機関銃に加えて戦車が登場し、それまでには存在しなかった複雑で深い塹壕が地上戦には必須のものとなり、第一次大戦は長い長い消耗戦と化していくのだ。

*

二〇〇五年、耐震強度偽装問題に加えて、変質者による幼い子どもへの犯罪が広くメディアの話題となった。陰惨で許しがたく、社会を不安に陥れる事件だが、必ず被害者の葬儀を紹介する大手既成メディアの報道のやり方にわたしは違和感を覚えた。特に、幼い被害者の親や親族、それに友人たちへのインタビューや、談話の紹介などはどうして必要なのかわからなかった。葬儀に参列している人たちも、子どもや友人を失った人たちも、メディアが報道しなければその心情がわからないというものではない。胸を引き裂かれ心が張り裂けそうな悲しみと絶望感、それと犯人への怒りに充ちているに決まっている。だからわたしとしては、そういった光景や、遺族の談話などは聞かなくてもいい、できるだけそっとしてあげたいと思う。でも大手既成メディアは、必ず葬儀や遺族の談話を紹介しようとする。

なぜなのか、知り合いのテレビ局の人間に聞いてみた。遺族や残された人びとの悲しみと怒りを紹介することで、視聴者および社会全体に対しこういった事件を二度と起こさないようにと訴えるためということだった。そういった考え方は、旧来の犯罪において効果的かも知れない。つまり身代金目当ての幼児や児童の誘拐とか、近代化途上に多く見られた犯罪者に対し被害者がどれほど悲しんでいるかを知らしめ、ヒューマニスティックな「改心」を促すということだ。

しかし、貧困と無知をおもな動機として持つ旧来の犯罪者と、幼児にいたずらして殺害するような変質者は違うのではないか。変質者がそういった被害者の悲しみや怒りに接して改心の情を示すとは考えにくい。ひょっとしたら変質者の中には、そういった報道に接することで歪《ゆが》んだ満足を覚えている者もいるかも知れない。だが、大手既成メディアは報道のやり方を変えないし、再検討することもない。かつて高度成長のころまでは貧困と無知が引き起こす金目当ての犯罪がほとんどだった。金目当ての犯罪がなくなったというわけではなく、別の動機の愉快犯や劇場型の犯罪、それに性的な変質者が目立ってきたということだ。

＊

幼児や児童を狙った犯罪が起こると、必ず学校はしばらく休校となり、授業が再開されるときには校長が命の大切さを説いて、父母や地域の人々が登下校に付き添うという光景が繰り返される。もちろんそういったことは必要なのだろう。だが児童や生徒を狙う変質者は、山の中に潜み市民社会の隙を突いて出没するというようなタイプではない。共同体の外側からアタックをかけてくる旧来の乱暴者とは違う。変質者は、共同体の内部にいてふだんは大人しい市民としてつつましく暮らしている場合も多い。そういったタイプの犯罪者は、警戒されているとわかるとまた社会の中に隠れてしまう。だから犯罪が実際に起こった町で登下校の幼児・児童を守るのではなく、すべての市町村で対策を講じる必要がある。

幼児や児童を守る対策は、複数の地方で事件が起こったために、ようやく広い論議がなされるようになった。これまで「対岸の火事」と見られがちだったのは、旧来の犯罪者イメージにとらわれていたからではないかと思う。貧困と無知がおもな動機の旧来の犯罪者たちは、基本的に共同体の外側にいることになっていた。よそ者だったり、風来坊だったり、脱獄囚だったり、そういうイメージだった。「他所《よそ》から来る」犯罪者に対しては、特定も簡単だったし、警察とともに「山狩り」をするのが効果的だった。

だが現代の犯罪者の多くは、一般市民社会の「内部」にいる。「あんなに大人しい人がどうして」とか「ふだんは挨拶もちゃんとしていたのに」とか「目立たないけどいい人だった」とか、犯人が捕まったときによくそういうコメントが出るが、それは犯人の多くが他所から来た乱暴者ではないことの証《あかし》だ。

内部にいる犯罪者は、身を隠しているわけではなく、市民として普通に暮らしていることも多い。悪者はよそ者、という常識が通用しなくなった社会では、「知らない人には付いていかない」に代表される旧来の教えだけでは子どもを守ることはできない気がする。「知らない人＝よそ者」だけが恐いわけではないからだ。昨日までやさしいおじさんだったりお兄さんだったりする人間があるときに豹変する、というのが現代の犯罪のひとつの特徴だとすると、対策はとてもやっかいなものになる。つまり、共同体の内部は安全で、脅威は他所から来るものだという常識をいったん壊さなければいけないからだ。犯罪者が共同体の内部でふだんは普通に暮らしているとすれば、共同体の内部でも、「対立」が人間関係の基本とならなければいけない。

ただ誤解してはいけないのは、それが「あらゆる他人を疑う」というような意味ではないということだ。人間関係の基本に対立があるという態度は、日本社会の伝統と大きく乖離《かいり》している。だから、共同体の内部に犯罪者が潜んでいるということになると、「あらゆる他人を疑う」というような誤解が生じる。他人のことはわからないし、わからないなりに付き合うしかなく、そのために契約や法律がある、というような考え方はいまだ日本社会に充分に浸透していない。

犯罪が象徴するように、さまざまな領域とフェイズで、文脈が変化している。

その変化を伝える役割を持つ大手既成メディアだが、旧来の文脈にまみれたままだ。

ライブドア事件と大手既成メディア

Saturday, January 28, 2006 12:52 AM

ライブドアに地検特捜部の強制捜査が入り、堀江元社長が逮捕されるという一連の事件の最中、わたしは箱根の別荘で新連載の小説を書いていた。箱根ではまるで隠者のような生活なので、堀江元社長を巡る大手既成メディアの大騒動には違和感を覚えたが、どこか遠いところで行なわれている茶番劇のような感じがした。実体のないマネーゲームだから空しいという意味ではない。三〇代の青年に振り回されるメディアが情けないということでもない。買収される危機に瀕《ひん》し、やっとの思いで業務提携にこぎつけたフジテレビをはじめとする大手既成メディアはライブドアという会社の実体を正確に把握していたのだろうかということだ。

旧近鉄球団の買収で初めて姿を現わした堀江元社長だが、あの当時からわたしはライブドアという会社が具体的にどういう業務を手がけているのかわからなかった。ライブドアというポータルサイトがあるのは知っていたし、ライブドアというプロバイダがあるのも知っていたが、ＩＴバブルが終わった今、そういう業種が莫大な利益を生むとは思えなかった。ＩＴバブルのときに流れ込んできた資金をうまく運用して売り抜け、莫大なキャッシュを手にしたのだろうなと思っていた。あらゆる経済活動は何かを作り何かを売らなくてはいけない。マネーゲームだって金融商品を作るし、ＮＰＯもサービスを売る。ライブドアという会社は何を売っているのだろうと不思議に思ったりしたが、興味がないのでどうでもよかった。

大手既成メディアは堀江元社長がニッポン放送を買収しようとしたり衆議院選挙に出たりしているときでも、実際にライブドアという会社がどういう会社なのかを報道しようとしなかった。ポータルサイトを持って次々に会社を買収して六本木ヒルズにオフィスを持つＩＴ企業の勝ち組、というような漠然とした紹介しかなかった。プロ野球球団のオーナーとなったソフトバンクはヤフーを買収しているし通信の世界にも進出している。楽天はもともとバーチャルモールの最大手だ。だがライブドアは本当にその実体が不明だった。今考えると、大手メディアは結局的にライブドアの株価を吊り上げるのに協力していたわけだが、堀江元社長以下が逮捕され、株価の不正操作や粉飾決算が徐々に明らかになりつつある中で、そういった自覚はまったくないように見える。テレビに出演させるということがどのような意味を持ち、どのような層にどれだけのインパクトがあるか、たぶん考えていないし、考えなければいけないとも思っていないのだろう。

*

現在、自民党の武部幹事長や竹中平蔵総務大臣が、衆議院選挙に無所属で出馬した堀江元社長を応援したことが問題になっている。大手既成メディアも当然この問題を取り上げているが、その報道内容からは前述の二人のどこが問題なのかがまったく伝わってこない。昨年の衆議院選挙の時点ではライブドアが不法な商取引をしていたことはわからなかったわけだから、知りようがなかったと二人が弁明すればもう大手既成メディアは追及しない。それは大手既成メディアがバラエティや報道を含めたさまざまな番組で堀江元社長を利用したのとまったく同じ論理だからだ。

武部幹事長と竹中大臣は別に法律を犯したわけではない。逮捕されるような人物を応援したのだから倫理的に問題があるということだろうが、大手既成メディアはそういうことを指摘してモラルの面から責任を追及することもない。逮捕されるような人物を応援したからよくないし、自民党内からも野党からも批判が出ているというような報道しかしないしできない。今回のライブドア事件では投資家が多大な損害を受けた。だから一つの方法として投資家の側に立ってライブドアと堀江元社長、そして彼を選挙で応援した両氏には責任があるという攻め方が考えられるが、そういった点では大手既成メディアも同罪なのでやりにくいのかも知れない。

実は、武部幹事長と竹中大臣は非常に困った立場に立たされている。両氏は、「ライブドアと堀江元社長がそれほど悪いことをしているとあの時点ではわからなかった」というような弁明をしているわけだから、「そんなお粗末な経済感覚で改革を考え実行しているのか」と問えばたぶん答に窮するはずだ。ライブドアに関しては以前からねたみや誹謗中傷の類《たぐい》も含めてさまざまな憶測がネット上や雑誌にあふれていた。わたしは企業買収や上場や株式発行については素人《しろうと》だが、それでもきっと違法すれすれのところで金を動かしているんだろうなと思っていた。ライブドアの上場や株式分割について、違法ではないが投資倫理に適合しているかどうかは微妙だとする指摘はたくさんあった。

そういった噂は別にしても、ライブドアに関する報道を眺めているだけでも「相当やばい会社には違いない」という認識は、金融・経済を少しでもかじった人なら持っていたと思われる。構造改革という国家規模の経済政策の中心人物二人が、そういった危機感をまったく持っていなかったとするならそれは大問題だ。だから二人は、「そういった危機感をまったく持っていなかった」という弁明はしにくい。「自民党にしても、小泉内閣にしてもその程度の経済知識で構造改革を立案し実行しているんですか」と言われてしまうからだ。

滝川クリステル
最新刊
めくるたび
新しい自分。
幻冬舎文庫の
春まつり

オンリー・イエスタディ
石原慎太郎

癖のある人物こそ面白い――。人間の真の魅力に迫る画期的人生論。

560円

ペンギンと暮らす
小川 糸

文庫オリジナル

『食堂かたつむり』の著者の、美味しくて愛おしい毎日。

560円

ビット・トレーダー
樹林 伸

人生も株も、「底」を打ったら、上がるだけ。

840円

「愛」という言葉を口にできなかった二人のために
沢木耕太郎

スクリーンに映し出される人間の哀切を浮き彫りにする珠玉の三十二編。

630円

交渉人・爆弾魔
五十嵐貴久

交渉人と真犯人の息詰まる四日間。傑作警察小説。

800円

スタートライン
始まりをめぐる19の物語

小川 糸
万城目学
他

文庫オリジナル

恋も夢も青春も、きっと今日から始められる。

520円

僕のとてもわがままな奥さん
銀色夏生

文庫書き下ろし

大好きで大嫌いで、離れたくて離れられなくて。長篇小説。

480円

雅楽戦隊ホワイトストーンズ
鈴井貴之

札幌市白石区だけを守る秘密の戦士達がいた！

560円

しかし、「いや、もちろんライブドアというのはやばいことをやっているんだろうなと少しは思ってましたよ」という弁解はさらに問題を悪化させてしまう。立候補した社長を彼の会社が怪しげだと知りつつ応援したと、確信犯になってしまうからだ。だから今、武部、竹中両氏は本当は弁明不能な袋小路に追いつめられているのだが、大手既成メディアはそういった論旨で追及することがない。

＊

「反省すべきは反省しなければならないと思っています」とそういったニュアンスで武部幹事長と竹中大臣の二人は弁明していた。そして、ニュースで伝えられるのはそれだけなので、大手既成メディアの記者たちはそれ以上の追及をしていないのだろう。奇妙なことに、「反省すべきは反省しなければならないと思っています」という弁明には主語がない。いったい誰が反省するのかはっきりしない。反省するのは誰ですか、と大手既成メディアの記者たちは絶対にそういう質問をしない。「わたしは反省しています」という表現と「反省すべきは反省しなければならないと思っています」は違う。後者は主体を曖昧にすることで「反省すべき主体は誰なのか」はもちろん、反省すべき主体はそもそもどんな間違いを犯したのか、それは法に違反したのかそれともモラルに抵触したのか、もし間違いがあったとしたらどうしてそれが起こったのか、というような疑問も曖昧にしてしまう。

あなたは間違ったのかそれとも間違ってはいないのか、という基本的な質問ができないのはなぜなのか、いまだわたしにはわからない。推測されるのは、そうやって主体を明確にすることがこれまでの日本社会で必要とされてこなかったということだ。決定権とセットになった責任の所在が明らかにされないこととリンクしている気がする。その問題に関して決定権がある人物が責任を取るわけだが、政界にしても、そしてたとえば大手既成メディアで番組を作っているような人たちでも、決定権にセットになった責任をはっきりさせてから仕事を開始するというような考え方がいまだに希薄だ。

だが決定権を持っていたのは誰かという問いを立てなければ、責任の所在は明らかにならない。責任の所在が不明なまま、どうせすぐにライブドアも堀江元社長も忘れられてしまうのだろう。

民主党と永田元議員の悪夢

Sunday, February 26, 2006 9:40 PM

民主党の永田という衆議院議員が、堀江元ライブドア社長からの自民党武部幹事長の次男への送金を示す証拠を持って国会で追及を始めたとニュースで聞いたときには、これは面白いことになったと思った。「我が弟、我が息子です」と叫んで選挙で応援をした背景はこれだったのかと思ったのはわたしだけではないだろう。だが民主党は威勢が良かったのはそこまでで、わたしは箱根の別荘で連載小説を書きながら推移を眺めていたが、そのあとの展開はまさに悪夢のようなものに変わっていった。当該のEメールの信憑性を示す証拠を永田議員と民主党は何一つ挙げることができなかったのだ。二月二三日の時点で永田議員は入院してしまい、民主党はEメールが偽物だったと認めていない。

これは悪夢だとゾッとしたのは、民主党がメールアドレスや名前を黒く塗り潰したEメールを公開したときだ。わたしは別に支持者ではないので、この件で民主党が壊滅的な打撃を受けようと知ったことではない。民主党のことを心配して悪夢だと思ったわけではない。肝心な情報を黒く塗り潰したEメールを公開してしまうというあまりの幼稚さと杜撰《ずさん》さに驚き、これから信じられないようなリアルで残酷な地獄が口を開くという予感があり、それをまさに悪夢だと感じたのだった。取り返しのつかないことが起こってしまったという暗くてシリアスな思いを持ったのだ。

民主党内には法律に詳しい弁護士出身の議員がたくさんいるというのに、どうしてこれほど馬鹿げたミスが起こったのだろうか。うまくいけば自民党幹事長の首を取れるが、間違えば民主党全体が危機に陥るというような大問題の唯一の証拠が黒塗りのメールだった。あの永田という議員が持っている証拠がプリントアウトしたメールだけだと聞いたときにすでにいやな予感はあった。文書が証拠となる状況ではないからだ。昔は、リスクの高い約束事の場合に「一筆書く」ことが重要だった。筆跡も証拠になるし、判や印やサインが信頼性を保障した。

だがプリントアウトされたEメールはどうにでも偽装できる。だからメールを証拠とする場合は文書よりもPCのハードディスクやサーバに残ったデータのほうがはるかに重要だ。永田という議員が振りかざしていたのが紙ではなくハードディスクかCD-ROMのような記録媒体だったら、悪夢のような杜撰さには結びつかなかっただろう。信じがたいことだが、民主党はデジタルな情報記録よりも紙に信頼を置いたということになる。仮に他に何らかの証拠をつかんでいたとしても、メディアにあの黒塗りのメールを証拠として公開する神経は致命的だ。それはまるで自分の恥部をさらけ出すようなおぞましい行為であり、そのことをわたしは悪夢のようだと思ったのである。展覧会に間に合わないと焦って、自分の五歳の子どもの絵を堂々と出品しようとする画家のようなものだ。

＊

民主党の執行部はどうしてこれほどまでに杜撰で幼稚なミスを犯したのだろうか。どういう条件が整えばこれほどひどいミスを犯すことができるのだろうか。まず考えられる条件は民主党内で与党追及のための情報が共有されていないということだ。永田という議員が入手したというEメールの信憑性が党全体で協議されていれば、さすがにそんなにひどいバカばかりではないだろうから、事態はここまで悪化しなかっただろう。

次の条件として考えられるのは異常としか言いようのない神経を持っているということだ。ここまで醜態を晒《さら》しながら、当事者を入院させるというとんでもない方法で事実をさらに塗布することで、事態を収拾できると思うのは異常だ。メールの信憑性が証明できないとわかった時点ですぐに記者会見を開き、国会と自民党と武部幹事長と国民に謝罪し、永田という議員は即議員辞職し、執行部は全員辞任すべきだった。そうすれば大恥はかいても問題はこれほど大きくならなかった。前原代表以下執行部はまだ比較的若いので再起を期すことが可能だったかも知れない。だが前原代表以下執行部はそうしなかった。あえてさらなる地獄へ向けて突き進んだのだ。

いったいどうしてそういった非合理なことを実行できるのだろうか。前原代表以下の執行部はひどい無知なのだと思う。速やかに過ちを認めて謝罪しないと汚点は加速度的に広がり取り返しのつかないことになると知らなかった。教材は彼らの周囲に無数に転がっていた。耐震強度偽装問題の施工主の社長や、障害を持つ人の施設などを勝手に改築し建築基準を満たしていなかったビジネスホテルの社長は、最初のエクスキューズを誤り、間違いを認めるのが遅かったために多大なコストを払わされた。

民主党執行部は、そういった欲ボケの悪党とは自分たちは違うと思っていたのかも知れない。確かに教養やキャリアにおいてはヒューザーや東横インの社長とは違うかも知れない。だが危機に追い込まれたときの対処においてはホームレスだろうが国会議員だろうが原則は同じだ。敵に対する攻撃材料や確固たる武器がない場合は戦いを挑んではいけないし、戦いの大義と根拠が失われて法的にどう転んでも勝ち目がない場合はできるだけ早い段階で負けを認めて謝罪することが絶対に必要だ。それは戦争やケンカや外交交渉の鉄則だが、民主党の首脳部はそのことに無知だった。

＊

昨年夏の民営化総選挙のときも同じことを思ったのだが、民営化反対の元自民党議員たちと今回の偽メール事件の民主党の首脳部には共通点がある。密室で協議する自分たちを、外部からの視点で客観的に眺めることができないということだ。民主党執行部は党内の法律に詳しい議員やＩＴに詳しい議員に相談しなかった。「外部の意見・批判」を求めようとしなかった。自分たちがある思いこみに陥ってしまって、冷静な判断や内省や自己訂正能力が失われていないだろうかという危機感がゼロだった。そういう危機感があればさまざまな人の意見や情報を求める。

そういった閉鎖的な状況判断というのは日本社会にはフラクタルに見られる。問題を外部と共有して第三者的な指摘や情報や批判を得ることで、解決に向けた専門的な意見を聞いたり、自分たちの戦略や戦術にミスがないか確かめたりするほうが合理的なのだが、「世間の目があるから」とか「身内の恥だから」とか「外に迷惑をかけると悪い」とか「手柄を独り占めしよう」とか、そういう下らない理由で、問題を内部で解決し、内部の意見だけで戦略を立てようとする。

実は旧ライブドア体制が犯した最大のミスは、堀江元社長の周囲に彼と同じ考えのイエスマンしか配置されていなかったことだった。その一点に関する限り、ライブドアと民主党執行部は案外似ているのかも知れない。外部の意見を聞き、あるいは問題を外部とシェアし、また常に外部の視点を想像して自らを第三者的に見る訓練をしていれば、両者は致命的なミスを犯さずに済んだかも知れない。閉鎖的な内部の利益は共通していることが多いので、「この戦術で行く」と首脳部が提案すれば批判する者がいないことが多いのだ。今回の民主党のような大失態は、閉鎖的な組織と個人に必ず起こることであり、ただしあまりにもわかりやすく、またあまりにもお粗末だった。閉鎖的な組織と個人では、自己批判力と自己訂正能力が限りなく低下する。

だが、結局はこの事件も根本的な事実が何一つとして明かされないまま忘れ去られるのだろう。政治へのリスペクトを失わせる行為に対して何ら恥じることがないという野党第一党の態度は、社会にひどい退廃をもたらすはずである。

大手既成メディアが滅亡する日

Sunday, March 19, 2006 11:39 PM

「群像」という文芸雑誌での連載が始まって、また箱根にこもる日々が始まった。月刊誌なので一カ月に一週間から一〇日箱根にこもるというペースだ。書き下ろし小説の『半島を出よ』以来箱根にこもって小説を書くのが普通のことになった。自宅では書けないというわけではない。ただ自宅だと生活のすべてを小説に向けるわけにいかない。だから極端な集中が必要な題材の小説の場合は箱根にこもるほうが合理的・効率的だ。箱根ではニュース以外テレビは見ないし、外との接触がない。まるで隠者みたいな生活を続けるわけだが、そうしないと書けない種類の小説がある。『半島を出よ』に代表されるような、登場人物とシチュエーションの文脈が現実の日本社会とは違う小説だ。

別に外界とまったく接触がないというわけではないが、箱根にこもっている間は現実と独特の距離が生まれて作品に集中できる。特にメディアと距離感を持つことができるので精神衛生にいい。このエッセイでも一貫して日本の大手既成メディアの批判を繰り返してきたが、現状は何も変わっていない。たとえばイラクが今どうなっているのか、正確な状況はまったくわからない。中部の街サマラのシーア派の有名なモスクが破壊されたというようなニュースは入ってくるが、たとえばバグダッドがどんな状況なのか、スンニトライアングルはどうなっているのか、サドル師の影響力はどのくらい強いのか、そういったことはわからない。よく言われるシーア派とスンニ派の対立にしても、それがどの程度深刻なものなのか、本当に内戦寸前なのか、あるいは選挙で多数を占めたサドル師主導のシーア派はアメリカの影響を排除してイラク人による国家再建を目指しているのか、まったくはっきりしない。

いまだに抵抗武装勢力によるテロが続いているようなので、よくわからないとかはっきりしないというのは考えてみれば当然だと思う。誘拐の危険もあるし問題が起こっている地域にメディアはきっと入れないのだろう。だから、イラクの現状がわからないことが異様なのではなく、わかっていないと率直に言わない大手既成メディアの報道姿勢が異様なのだ。日本のメディアはどうして「わからない」ということを言わないのだろうか。特権的に情報を握っていてそれを無知な大衆に教えるという前時代的な意識をいまだに持っているからだろうか。「わからない」と言うと、大衆を不安にさせてしまうと考えているのかも知れないし、情報源としてのメディアの権威がなくなると思っているのかも知れない。

＊

しかし大手既成メディアが滅亡する日は案外近いと思うときもある。ゆっくりと死に近づいていて危機感を持てない組織はそのことに気づかない。大衆から必要とされなくなったマスメディアはいつの日か必ず消える運命にある。今もっとも危ないのはラジオだ。ＮＨＫはいずれ何らかの形で民営化されるはずだし、ＡＭもＦＭも大きい放送局は広告費をインターネットに奪われてこれまでのような番組作りができなくなる。広告費が入らないと、人気歌手や俳優や文化人をパーソナリティやゲストに使えなくなり、局アナが喋り音楽をかけるというしょぼい番組だけになって、ますますラジオを聞く人が減り、さらに広告費が落ち込むという悪循環に陥る。またプロ野球放送も以前のような人気はない。あのラジオ局が、と驚くようなメジャー局が突然潰れる日が来る気がする。

次にやばいのは雑誌だ。雑誌の凋落《ちょうらく》は今に始まったことではないが、常態化・加速化している。まず売れないということが致命的なわけだが、そこには根源的・構造的な要因があるので今後改善する見込みはゼロだ。つまり、もう二〇代から六〇代までをカバーする雑誌は作れないし、四〇代、五〇代の大半を読者として取り込めるような雑誌も想像できない。

「多様性を伴った格差」は、そういった一〇万部、二〇万部を超えるような発行部数を持つ雑誌の存在を不可能にしてしまった。今たとえば「週刊現代」や「週刊ポスト」を読んでいるのは時代に取り残された男性週刊誌を必要としない。外資系金融機関で数千万の年収をかせぐビジネスマンはそういった男性週刊誌を必要としない。だから週刊誌の側も、取り残されたサラリーマンのカタルシスとなるような記事を作らなければならない。

女性誌や男性月刊グラビア雑誌は一見すると命脈を保っているように見える。決して売れているわけではないが、化粧品や高価な海外ブランド品や車、電化製品などの広告費が入っているからだ。だが、できるだけ多くの読者に質の高い情報を提供するという意志を最初から放棄し、高級ブランドの広告費狙いで雑誌を作るというのはメディアとして堕落以外の何ものでもない。そういうビジネスモデルはいずれ潰れる。ブランド品がだいたい国民に行き渡った飽和状態の日本から将来的な市場となる国へと、海外ブランドの広告戦略が今後必ず移っていくからだ。ブランドの広告費はゼロサムなので、たとえば今後中国やインドやベトナムのメディアへ広告費が二割移るだけで、カタログ化したこの国のグラビア雑誌はバタバタと潰れていくはずだ。

＊

雑誌のカタログ化は女性誌から始まった。八〇年代にはまだ「女性はこれからの社会をいかに生きるべきか」というようなテーマとオピニオンが女性誌に存在した。だが「婦人公論」に代表されるそういった特集記事や知識人・文化人の提言のようなものはメジャーなグラビア誌からきれいに払拭《ふっしょく》されていく。そのあとは「悪女の勧め」とか「セクシーな女になるためには」とか「恋愛上手になるために」とか、無知で自信のない女をだますような特集が流行ったが、やがてそれも減っていって、ついにグラビア女性誌はエステや占いや整形やダイエット以外には広告だけしか載っていないという完全カタログ化を果たした。カタログ化は読者と高級ブランドの双方の希望に沿ったものだった。現代の女性が抱える問題を、マスメディアはもちろん、知識人・文化人たちも一般化できなかった。だから読者はオピニオン特集のようなものにうんざりしていたし、ブランドにしてみれば雑誌がカタログ化したほうが都合がよかった。

だがカタログ化した雑誌は墜落している。東京には、正社員でも年収が二〇〇万以下のOLや、時給一〇〇〇円以下でこき使われる地方出身の女性の派遣社員が大勢いる。彼女たちは、結婚に希望や合理性を感じることができず、仕事でこき使われ、ブランド品とは本来的に縁のない経済力しか持っていない。テレビでも雑誌でも彼女たちが目にするのは「セレブ的生活」で、それ以外の価値観をマスメディアは決して示そうとしない。「ブランドに群がるのはバカで、地道に働く人が尊いのだ」「ブランド品で身を飾り六本木ヒルズでお食事するのが最高の人生だ」という極端な二つの考え方しかなくて、さらにその両者の整合性がとれていないので「大衆女性」は混乱し、ブランド品のために働く風俗嬢が増えることになる。「ブランド品は良いものが多く、所持すると豊かな気分になれるし、またおいしいレストランで食事をして素晴らしいワインを飲んでもよい気分になれるが、他の価値観を探そうとせず、ブランド品やワインだけに価値があると決めてしまうと、金持ちには一生かなわないという多大なリスクを抱えて生きることになる」というような正論は、マスメディアには存在しない。それが「マス」の問題ではなく個人の価値観という個別の問題だからという根本的な理由によるが、広告主が嫌うからという、より直接的な理由もある。

ラジオは早ければ今年中にも潰れ始めるだろう。そして次は雑誌とテレビだ。

「カンブリア宮殿」と「成功者」

Sunday, April 23, 2006 12:23 AM

四月からテレビのレギュラーを担当することになった。「カンブリア宮殿」というテレビ東京の経済番組だ。毎回経済人をゲストに迎えて、わたしがインタビューする。サブインタビュアーは小池栄子で、第一回目のゲストはトヨタ自動車副会長（現・会長）の張富士夫氏だった。ゲストへのインタビューの間にはVTRが差し込まれるが、その製作ミーティングにも立ち会っている。

トヨタのVTRを作る際に、「このままではトヨタのいいところだけを紹介することになりますが、それはどうでしょうか」と聞かれ、それでもいいとわたしは答えた。トヨタにももちろん陰の部分というか、ネガティブな部分はあるだろうが、いいところだけを紹介しようと思ったのだ。

理由は、まず陰の部分や負の部分をえぐり出すと経済人がいやがって出演してくれなくなるということがある。とにかくゲストとして来てもらって話をしないことには始まらない。だがもっと重要だと思ったことがあった。トヨタのネガティブな部分をえぐり出して、いったい何になるのかという本質的な疑問だ。完璧な個人などいないのと同じで、完璧な企業もあり得ないし国家もない。トヨタは、創業以来ほとんど負けなしで業績を伸ばしていて、石油ショックや円高、グローバリズムや現地生産などの試練にも耐え、環境問題にも深い関心を示している。ソニーを見ればわかることだが、トヨタがやって来たことは決して簡単ではない。トヨタ以外の自動車会社はすべて外資が入っているのだ。

危機感を持ち続けなければそういったパフォーマンスは不可能だ。どうやってトヨタは危機感を持ち続けることができたのか。またそれを国内七万人、世界で二六万人という従業員にどうやって徹底することができたのか、それを探って示すべきではないかと思った。危機感を持続すると口で言うのは簡単だが、実行するのは極めてむずかしいし、個人や企業によっては危機感の概念すら持っていないこともある。

＊

最新作の絵本の宣伝でＮＨＫの土曜夜の番組に出た。絵本のテーマは「心の柔らかなコアの部分を守るためのシールド」というようなものだが、ＮＨＫはそれを紹介するためにＶＴ

Rを用意していた。VTRで紹介されたのは、失業してフリーターになり、なかなか再就職口を探せない若者と、通信教育で教員免許を取ったものの給料が安くて生活保護を受ける女性だった。わたしはスタジオで絶句した。どうしてこんなネガティブな人間たちを紹介しなければならないのか、まったく理解できなかったのだ。どう思われますか、と聞かれて言葉につまり、資格はスタートにすぎないし、この女性教師も教員免許を取る前よりは今のほうがハッピーなのではないでしょうか、などと答えた。本当は、どうしてこんなネガティブな人を紹介するのかと言いたかったのだが、本を宣伝する時間がなくなるし、本の宣伝をやってもらっていると思うと、言えなかった。

希望する資格を取ってもなかなか仕事がなかったり、給料が安くて生活が苦しい人は確かに大勢いるだろう。だが、大変な思いをして資格を取ったおかげでハッピーな人生を歩んでいる人も大勢いるはずだ。いったいどちらを紹介すべきなのだろうか。どうしてNHKは資格を取ってもハッピーになれない人を紹介しようと思ったのだろう。おそらく「問題提起」という基本的な姿勢があるのだろう。社会に対し問題を提起する、そのためには社会的に犠牲となっている人を紹介する必要がある、というパラダイムだが、それは高度成長時のものだ。

高度成長はいろいろな負の部分を生んだ。たとえば疲弊する地方の農村や成長の波に乗り遅れた伝統工芸、それに汚染される環境や崩壊する大家族制などだ。強力にドライブされる経済成長の陰には少なくない犠牲者がいる、という指摘をＮＨＫはドキュメンタリーにして、視聴者を啓蒙してきた。基本にポジティブな経済成長がなければ成立しない制作意図だ。今、多くの人が生き方に不安を持ち、どうやってサバイバルすればいいのかわからない中で、そういった「問題提起」にはまったく意味がない。

資格でも取ろうか、と思っている子どもや若者が、念願の教員免許を取ったものの生活保護を受けざるを得ない人を見たらどう思うか、そんなことをＮＨＫは考えていない。必死に努力して資格を取った人が希望する職種についてニコニコと晴れやかにしている姿を紹介しても「問題提起」にはなり得ないと思っているのだ。ネガティブで可哀相な犠牲者を紹介しなければ「社会の矛盾」を暴くことはできないという旧来の前提を変えていないということになる。前述したように旧来の前提は、大部分の人びとの生活が良くなっていく高度成長が背景となっているが、今そんなものはどこを探してもない。

＊

ある友人に聞いた話だが、記憶が不確かで、アフリカのどこかということしか覚えていない。アフリカのどこかで、ある部族の非人間的な風習について研究している文化人類学者がいた。ある年齢に達した女の局部に変形を加えるというような、非衛生的で非人間的な風習だった。以前は、どうしてそのような非人間的な風習がその部族にいまだに残っているのかを研究するのが主流だったらしい。だがその学者は、数百人の部族のうち、その風習を断ち切った二十余りの家族について調べたのだった。それらの家族はどうしてその野蛮な風習を止めることができたのか、調査結果は実にシンプルだった。風習を止めた家族に共通していたのは、家族の間でひんぱんに話し合いが持たれていたということだったのだ。

現在の日本社会と、アフリカのどこかのその部族が同じだというわけではない。だが社会全体に「どうやって生きていくのか」というモデルがないし、その問い自体もないに等しい。大部分の子どもや若者は、どうやって生きていったらいいのかわからないだけではなく、どうやって生きていこうかと自分に問うことも知らない。確かにいまだに優良企業に正社員として就職したほうが有利な状況が続いているが、優良企業の社員として需要があるのはやはり知識やスキルのある人材だ。知識やスキルがある人のほうが有利に生きるという状況がはっきりと生まれていて、それはおそらく変わることがない。しかし現状では、そのアナウンスメントは少ないし、共通認識にもなっていない。

そういった社会状況では、どうやって生きていけばいいのかわからないために挫折したり、最初からチャレンジをあきらめてしまう子どもや若者、失業した中高年が大勢出現する。それはごく普通のことで当たり前の現象だ。そういった人たちを紹介することにいったいなんの意味があるのだろうか。そういう人たちは、爆発的に成長する社会の犠牲者ではない。成長そのものが限られたものになっているのだ。

わたしは、現代においては「成功者」を正確に示すことも重要だと思うようになった。なぜ失敗したのか、なぜ挫折したのか、その理由は最初からはっきりしている。知識やスキルが足りないのだ。成功者たちはどうやって知識やスキルを手に入れたのか。またどういう経緯で、知識やスキルが必要だと思うようになったのか、それらを取材し広く伝えるのがマスメディアの役割の一つではないかと思うのだが、そういった考え方はいまだ主流ではない。

攻撃とリスク（ドイツW杯①）

Thursday, May 25, 2006 1:12 AM

この原稿が活字になるころにはドイツW杯での日本の予選リーグの結果が出ているだろうか。四年前の日韓W杯のころはサッカーに関するエッセイを連載していた。男性週刊誌で連載してそのあとはＪＭＭというわたしのメールマガジンに書いた。現在はどこにも連載はしていない。理由は、連載する雑誌が見当たらないというか、執筆の依頼が来ないということもあるが、最大の理由は中田英寿がこの二、三年所属チームで試合に出る機会が少なくなってしまったことだ。もともとサッカー観戦は好きだったが、中田英寿と友人になってからはサッカー観戦の意味合いのようなものが違ってきた。実際にスタジアムで見るときはもちろん、テレビで試合を見ていても、友人が出場している試合は特別だ。だから中田英寿がなかなかゲームに出られなくなってから、サッカーそのものをそれまでのように見なくなったし、エッセイを書こうという気も起こらなかった。

だが、欧州チャンピオンズリーグはやはり最高に面白い。ひょっとしたらワールドカップより面白いかも知れない。特に今シーズンは予選リーグからスリリングな試合が続いた。結局、現在世界で最高のパフォーマンスを示すチームであるスペインのFCバルセロナが優勝した。バルセロナは圧倒的に攻撃的なチームだ。普通そういうチームは案外もろくて守備重視のチームにころりと敗れることが多いのだが、今回のバルセロナの強さは群を抜いていた。バルセロナの試合は本当にスリリングなので、スペインでの普通のリーグ戦でもなかなかチケットが取れないのだそうだ。

サッカーの面白さはそのチームがどれだけリスクを冒すことができるか、で決まる。サッカーというボールゲームの最大の特徴は、ゴールキーパー以外手を使わないことと、それにほとんどゴールが決まらないことだ。もちろん合宿中の日本代表と地元高校生チームのように実力が違いすぎる場合は大量点が入るが、プロ同士の戦いでは常に極端なロースコアになり0—0という試合も多い。なぜ点が入らないかといえば、ゲームとしてそのようにできているからと言うしかないが、ロースコアということは一点が非常に重いということになる。要するに、先取点を奪われると恐ろしく不利になるし、ほとんどの場合致命的な事態となってしまうのだ。

＊

たとえば日本の予選リーグ初戦のオーストラリア戦だが、ここで先取点を奪われるとおそらく勝ち目はなくなる。両チームとも初戦ということもあり、また勝ち点ゼロでクロアチア、ブラジルという強豪と当たりたくないから、特に試合の序盤・中盤では勝ちに行くというより負けないサッカーをするだろう。負けないサッカーというのはあまりリスクを冒さないサッカーという意味で、中盤やサイドの選手の攻撃参加を最小限にとどめるということになる。だから日本代表は、早いタイミングで中盤でプレスをかけ、ボールを奪ったら最前線のFW二人と、中盤とサイドの選手三人ほどで攻めることになるだろう。またセットプレーからの得点を重要視するだろう。加地が前線に上がるときは三都主は攻め上がるのを自重するだろうし、逆の場合は加地がディフェンスのために残るだろう。

たぶんオーストラリアも同じような戦術を取ってくると思われる。日本とオーストラリアの実力はほぼ互角なので、ディフェンスをまず固めて失点しないようにしなければいけない。先取点を取られると圧倒的に不利になる。先取点を上げたほうは、さらにディフェンシブに戦うから、得点するのがさらにむずかしくなって、攻撃に人数をかけなくてはならなくなる。一点ビハインドで残り時間一五分というような局面では、最終ラインを残すだけであとの全員で攻め上がらなくてはならなくなる。中田英寿も加地も三都主も福西も、ボランチもサイドも全員が敵陣に入って総攻撃をかけなければならない。だがそういう状況では、敵にボールを奪われた瞬間にカウンター・速攻をくってしまう。最終ラインには二人か三人しか残っていないので、足の速いFWに走られてディフェンスの裏に出られてそこに長いパスが通れば、簡単に二点目を奪われてゲームはそこで終わる。

だから先取点を取られると致命的なダメージを受けることになるが、サッカーは攻撃しないと点を取ることができないので、どれだけのリスクを冒して攻撃するのかというむずかしい課題が常にあることになる。だから初戦のオーストラリア戦でわたしが注目するのは、日本は最初から全開で行くのか、それともしばらくは様子を見るのかということと、ボランチと両サイドがどれだけ攻撃参加するかということだ。おそらく序盤は中田英寿はあまり攻め上がらないだろう。中盤の後ろでディフェンスを統率しながらボールを奪ったときに正確で長いボールを前線に送ってチャンスを作る、というポジションをキープするだろう。

＊

どのくらいのリスクを背負って攻撃するか、これはサッカーにおける最大のポイントで、バルセロナの偉大なところは徹底的な攻撃サッカーでスペインリーグと欧州チャンピオンの二冠を達成してしまったところにある。バルセロナが攻撃するときは、４バックの両サイドも上がっていくから、最終ラインに残るのはセンターバックの二人だけだ。そんな危ないサッカーは普通はできないが、バルセロナは各選手の個人の能力の高さと連係の巧みさで、超攻撃サッカーのスタイルを貫き通してチャンピオンになってしまった。

その秘密は最終ラインと中盤と前線の選手の連係、ポジショニング、動き出しの速さ、それにパスとトラップの精度にある。トラップというのは送られてきたパスを止める技術だが、私の印象では日本ではあまり話題にならない。バルセロナの選手のトラップのうまさは筆舌に尽くしがたいものがある。現代サッカーでは敵味方の選手がゴール前と中盤で密集しているので、パスはどんどん速くなっている。ころんころんとのんびり転がるパスではインターセプトされる危険があるからだ。びゅっと地を這《は》うようにものすごく速く転がってくるボールをピタリとコントロールするのはとてもむずかしい。だからパスとトラップの精度がないと攻撃もできないし、それに守備にも影響する。相手ディフェンダーにボールを奪われてもバルセロナの選手たちはいっせいに下がったりしない。ボールを持った相手を追い回して万全ではない態勢でパスを出させ、そのボールを再び奪おうとするのだ。パスが通っても一発で足元に止めてもコントロールできない場合、すかさずそのボールを奪い取ってしまう。そうやってバルセロナの攻撃は敵陣でえんえんと続くわけだが、見ていてこれほど面白いサッカーはない。

　サッカーというかドイツW杯に関しては、日本の大手既成メディア批判はしない。もうあきらめているからだが、簡単なことなのでできればこの一つのリクエストだけは聞き入れてくれないかなと思う。それは敵味方に限らずゴールが生まれたときに、「これは大きな一点です」と言わないで欲しいということだ。サッカーにおいて「小さな一点」というのはあり得ない。ゴールのすべてが「取り返しのつかない致命的な一点」なのだ。実況のアナウンサーが「今のは大きな一点です」と言ったら本当は殴ったほうがいい。九〇年イタリアのW杯で、予選通過をかけた試合で強豪ドイツ相手に試合終了間近にコロンビアが同点にしたことがあった。そのときわたしはプレス席にいたが、コロンビアのアナウンサーは、コロンビア、コロンビアと二〇回近く絶叫するのみで他には何も喋ることがなかった。敵にゴールを入れられたらまるで死んだように沈黙する。日本がゴールを決めたら、日本、日本と叫び続ける、サッカーの実況中継というのはそうでないといけない。

惨敗は洗練と閉塞の象徴（ドイツW杯②）

Thursday, June 29, 2006 5:27 PM

　ドイツW杯に行ってきた。滞在は二週間強で、最初は面倒な旅になるなとおっくうだったが、現地に行けば自分のことだからけっこう楽しむだろうと思っていてその通りになった。フランクフルトを拠点にして、ROCCO FORTEという系列のホテルに一六泊したのだが、インドアプールやスパがあって素晴らしかった。サッカー観戦は移動が多く、またスタジアム周辺をかなり歩くことになるので、プールやスパは必須だと思ったのだ。

　ドイツを訪れるのは、八八年のF1ドイツグランプリと九二年のベルリン映画祭以来だった。毎日、朝起きるとプールで泳いだ。ホテルのダイニングはイタリアンで、朝食のビュッフェにもトマト&モッツァレラや生ハムやチーズが並んでいた。ドイツではイタリアンがトレンドになっていた。ドイツ料理と言えばソーセージやハンバーグやカツレツなどこってりしたものが多く、おまけに芋とビールが主食のようになっているので、低カロリーだと評判のイタリアンがブームになっているのだと聞いた。

フランクフルトの街を歩くと至るところにイタリアンの店がある。ピザの店もあるし、イタリアのバールのような軽食の店もあるし、本格的なレストランもあった。文豪ゲーテの記念館のすぐ隣りのレストランもイタリア料理だった。わたしも何度かイタリアンを食べたが、日本人がドイツでイタリアンを食べるという構図から、過去の枢軸国三国同盟を思い出したりした。ドイツとイタリアが基本的に仲がいいというわけではなくて、国境を接していないことが影響しているのだろうと思う。

ドイツと国境を接しているのは、デンマーク、ポーランド、チェコ、オランダ、ベルギー、フランスなどで、イタリアとの間にはオーストリアとスイスがある。国境を接するというのはそれだけで歴史的な軋轢《あつれき》があるということだ。お互いに侵略したりされたりしてきたわけだし、深刻な領土問題もあるだろう。だからドイツは地政学的にイタリアに親近感を持つ傾向にあるのかも知れないと、あまりおいしくないフランクフルトのパスタを食べながらそんなことを思った。

*

フランクフルトを拠点にして試合観戦のためにいろいろな都市に車で移動することにした。

あちこちホテルを変わるよりも、アウトバーンが完備しているので、試合当日に車で移動する方が効率的だと思ったのだ。カイザースラウテルン、ドルトムント、ケルンなど北西方向への移動は比較的スムーズだったが、東にあるライプチヒは遠い上に迂回《うかい》が必要だったり工事中だったり道路状況が悪くてものすごく疲れた。ライプチヒは、旧東ドイツの都市で唯一の開催地だ。

フランクフルトから東に二時間半ほど走ると旧東ドイツとの国境を通り過ぎる。パスポートコントロールや税関の建物が残っていて、その近辺にあるレストエリアのレストランでドイツ人の友人から興味深い話を聞いた。西側から東側に行くためにはビザが必要だったが、旧東ドイツではまだカラー写真が一般的ではなくて、友人はビザに添付された写真がカラーだったので東側への入国を許可されなかったというのだ。

旧東側に入るとアウトバーンからの眺めも微妙に変わった。キューバなどでもよく見る社会主義圏独特の造りのアパート群が目につくようになった。バウハウスの影響を受けたと思われるシンプルなデザインの高層アパートが並んでいるのだ。シンプルといえば聞こえはいいが味も素っ気もないというほうがより正確だ。日本の団地と違って建物の窓枠などがグリーンや黄色に塗られているのだが、それが逆に異様な感じがする。

ライプチヒの街は、中央駅付近の旧市街を除くと全体的にすさんでいる感じがした。トラム・路面電車が走っているのでメインの通りのはずだが、他の都市とは街並みが違っていて、まずビアホールのようなどこにでもある店がなく、どういうわけか中華やベトナムやタイなどのエスニック料理店が点々と並んでいる。わたしは友人とともにベトナム料理の店に入ったのだがとてもベトナム料理とは思えない奇妙な料理が出てきて、ビールも生ぬるかった。旧東ドイツ時代に北ベトナムから多くのベトナム人がやって来て住みつき、統一後もそのまま住んでいるのだと聞いた。

周囲の建物は落書きだらけで、窓ガラスが全部割れているものもあった。崩壊寸前のような建物もあり、鉄条網で仕切られ閉鎖された高層ビルもあった。昼間から酔っぱらっている男に、どこから来たんだと下手くそな英語で話しかけられ、日本だと答えると、いっしょにワールドカップを見ようと言う。もちろんその男はゲームチケットなど持っていない。上半身裸で両腕にびっしりとタトゥーを入れていて、やばいと思ったのでわたしたちは走るようにその場を逃れた。

ドイツはいろいろな意味で合理的な国で、基本的に豊かだというイメージがある。だが旧東側の地域の平均的な失業率は三〇%近いそうだ。ライプチヒの街並みと人びとはもっとも強い印象をわたしに残した。

ドイツW杯で日本はズタズタに負けた。日本の実力に関してずっとわたしはどのくらい強いのかがわからないとスポーツ紙のエッセイなどで書いてきた。アジア予選や親善試合では、ヨーロッパや中南米の強国との実力差が測れない。それほど弱くもないが強くもない、というのがわたしの日本代表に対する評価だったが、ジーコが選んだ選手たちの何人かは、世界の強国に対して無力だった。たとえば中村俊輔や小笠原という選手は、アジアレベルではイマジネーションあふれる良いプレーを見せる。自由にボールを持つことができるスペースがあって、ディフェンスのプレスもそれほど強くないからだ。だが彼らはきついプレスをかけられて、自由にボールを持てない状況ではまるで何もできなくなる。

特に中村俊輔はW杯を通じて不調でマスコミやファンから批判されたが、もともと弱い相手には強いというタイプの選手なのでことさら責めるのは酷だとわたしは思う。責任は中村俊輔にではなく彼を選んだジーコにある。前回はベスト16だったし、大会前の対ドイツの親善試合で善戦したので、日本中が期待していたに違いない。わたしは戦い方によっては予選リーグは突破できると思っていた。だがわたしが思うような戦い方はできないだろうという予感もあった。つまり、中田英寿を除くドイツW杯の代表選手たちのほとんどは、高いモチベーションを持った強い相手と戦うのに慣れていなかったし、そのことに無自覚だった。

自分たちは強い相手に対しては弱いという事実を自覚できていなかった。九八年に初めてW杯に出場した日本代表と、今の代表を比べるとはっきりとした違いがある。技術は今の代表のほうが高いが、もともと日本選手の技術の違いなどたかが知れている。問題は、世界との力の差をどれだけ自覚しているかどうかだが、今の選手たちには根拠のない自信のようなものがある気がする。「世界にはいろいろな強豪国があるが、自分たちもそれほど劣っているわけではない」というような奇妙な自信だ。そんな自信がどこから来るのかわたしにはわからない。

だがそういった根拠のない奇妙な自信は他のさまざまな領域にもあるような気がする。世界的に活躍する日本人が増えて、日本人全体のレベルが上がっているのだと勘違いしているのかも知れない。またメディアの進歩でさまざまな情報が入ってきて、世界のことを知っている気になっているのかも知れない。はっきりとした原因は不明だが、日本社会の洗練と閉塞が根底にあるのは間違いない。

北朝鮮のミサイルで大騒ぎ

Tuesday, July 25, 2006 1:13 AM

W杯が終わろうとするころに北朝鮮がミサイルを発射した。ミサイルはロシア沿岸に落ちたのだが日本中が大騒ぎになった。もちろんもっとも派手に騒いだのは大手既成メディアだ。わたしは多くの国民は案外冷静だったのではないかと感じている。冷静というのは無頓着とは違うし危機感を持たないということでもない。冷静な対応というのは、まず現実を受け止めて、情報を整理し、対策を考えて、可能なことから実行するということだ。

「北朝鮮がミサイルを発射した。どういう思惑なんだろう。今後も発射実験を続けるのだろうか。将来的には核を開発して日本を狙うのだろうか」みたいなことをヒステリックに大手既成メディアは言っていただけだった。まず冷静に考えてみて、すぐに浮かぶ設問は、核弾頭の有無にかかわらず北朝鮮が日本をターゲットにして本当にミサイルを発射するのはどういう場合か、というものだろう。北朝鮮が日本にミサイルを撃ち込めば、国連安保理は北朝鮮に対する制裁決議を行ない、中国からも見放され、米軍が日本に代わって報復し、北朝鮮は在韓米軍を攻撃して、第二次朝鮮戦争が起こり、韓国軍は三八度線を越えて侵入して制圧し、結果的には北朝鮮という国が地上から消えてなくなるだろう。

つまりそれは自殺行為だということになる。自殺行為にモチベーションを持つ国は常識的には存在しない。だから北朝鮮のミサイル発射は常識的には「脅し」だということになる。脅しというのは不良学生の恐喝から国家による威嚇まで、何らかの「見返り」「利益」を求めて実行される。そこで北朝鮮がミサイル発射によってどんな利益を求めているかを探る必要がある。考えられるのは、アメリカとの二国間交渉と、マカオなどにおける経済制裁の解除、そして不可侵の確約だろう。アメリカは二国間交渉に応じるつもりはない。要求があれば六カ国協議の場で示すようにと言い続けている。現状では北朝鮮はアメリカから無視されている形になっているので、何かしでかさないと振り向いてもらえない。だから何かやばいことをやらかして、言うことを聞いてくれないと今後も続けるぞ、と脅すことで交渉のカードを持とうとしているのだ。その場合は、日本やアメリカが大騒ぎすればするほど北朝鮮にとっては狙い通りの展開ということになる。

＊

今回アメリカはイラクの場合と違って単独での制裁に言及しなかった。国連安保理の決議を最後まで重視したし、北朝鮮の長距離ミサイルは失敗したと早々と表明した。いずれも北朝鮮の脅しに乗って大騒ぎすることを避けた印象がある。今の北朝鮮はフセイン時代のイラクと非常によく似ている。核兵器開発の疑いがあるというより宣言しているし、他のテロ組織への拡散のリスクもある。だがアメリカはあれほどイラクでは先制攻撃にこだわったのに北朝鮮には「先制攻撃」という脅し文句を使うことさえ自制している。

アメリカのアフガニスタンとイラクへの先制攻撃と政権転覆の理由としてエネルギー資源を挙げる人がいて、それらは一見合理的に思えるが、旧来のパラダイムに縛られたものだとわたしは個人的に思う。すなわち戦争というものは食糧やエネルギーなどの資源あるいは市場の獲得競争の延長線上で起こるという発想だ。同じような発想から、実はアメリカは北朝鮮に眠るさまざまな鉱物資源を狙っているのだという主張もある。

資源と市場を狙って領土を拡大するというのは前世紀の遺物のパラダイムだ。現在そういった侵略・戦争行為は国連憲章の第7章第39条で「違法」とされている。それ以前は「征服」は領域取得の一つの原因として国際的に認められていた。勘違いされると困るが、資源とエネルギーを狙って戦争を仕掛けることが古いパラダイムに属すのは、国連憲章で禁じられているからではない。侵略や戦争が悪だという国際的なコンセンサスがほぼ完全に出来上がっているからだ。西欧社会だけではなく多くの国が豊かになり無知と貧困から脱却する中で、非戦闘員に多大な犠牲が出る戦争は愚かな行為であり、戦争を避けるためのあらゆる努力には価値があるという常識がすでに定着している。

金持ち喧嘩せずの例え通り、豊かさの中で幸福を知った国民は自分が死ぬのはもちろん他人が銃で撃たれたり爆風で手足を飛ばされたりするのを見るのがいやになっている。そういった基本的な「国際的常識」を犯して資源のために戦争を仕掛けるのは多大なリスクを伴い、孤立して世界を敵に回し必ず何らかの制裁を受ける。アメリカはアフガニスタンでもイラクでも国連決議を無視する形で侵攻し政権を転覆させたが、ものすごい戦費と占領経費が負担となっていて、両国から何の利益も得ていない。アメリカは中国やロシアを敵に回して北朝鮮を先制攻撃する意図も余裕もないと見るべきだろう。アメリカが北朝鮮を攻撃するのは前述したように日本がミサイルで攻撃された場合だけだ。

＊

北朝鮮のミサイル攻撃は自殺行為だと書いたが、国家が自殺行為を選ぶ場合もある。それはミサイル攻撃を実行しなければ現在の政治体制を存続できないと金正日が判断した場合と、人民軍内の強硬派の将軍たちがクーデターを起こして第二次朝鮮戦争を仕掛ける場合だ。実際にそうなったとき、経済成長を続ける中国が北朝鮮側について参戦するわけがない。いずれにしろ北朝鮮は事実上消滅するだろう。おそらく北朝鮮は戦闘力を数日で失うが、その前に通常兵器だけで少なくとも三八度線に近いソウルは火の海になる。韓国が北朝鮮に対し宥和政策をとるのは、せっかく経済成長を遂げたのにソウルが火の海になるのは勘弁して欲しいと思っているからで、北朝鮮にシンパシーを感じているわけではない。戦争になるより、北朝鮮がどうにかして経済的に安定するほうが自分たちの利益になると思っているのだ。当たり前のことだが、あらゆる国家は利害で政策を決定する。

日本政府は北朝鮮問題に関してどういう利益を目指しているのだろうか。誤解する人もいないと思うが、利益というのは、北朝鮮から経済的儲けを得るという意味ではなくて、損害を受けないということだ。わたしたちがもっとも損害を受けるのは、発狂した北朝鮮が日本に向けてミサイルを撃つ場合と、それにテロを実行する場合だ。テロに関してはもっと複雑なシミュレーションが必要なので省くが、北朝鮮にミサイルを撃たせないためにはどうすればいいのかという設問が必要になる。その設問の答は一つではないが、まず重要なのは、北朝鮮が何を求めてミサイル発射という脅しを用いているかを想像しなければならない。

わたしたちは北朝鮮が国際的に孤立していると思っているが国交を結んでいる国は実は多い。遠い極東のことなどたとえば欧州の先進国はほとんど関心がないと思わなければいけない。イスラエルがレバノンに侵攻し中東情勢が緊迫しているが、イランとアメリカが戦争に介入して原油価格が跳ね上がるというようなことを除いては日本ではあまり危機感がない。遠いからだ。イスラエルの爆弾もヒズボラのカチューシャロケットも絶対に日本には飛んでこないのと同じで、北朝鮮のミサイルは欧州には飛んでいかない。基本的に中国は北朝鮮問題を通じ東アジアの安全保障に関して影響力を発揮することで利益を得る。韓国はソウルを火の海にしたくないので北朝鮮に敵対しない。アメリカは東アジアが中東化するのを避けたいし、中国とは事を構えたくない。日本はどういう利益を目指すのか。いずれにせよ慌てまくって大騒ぎするのだけは避けなければならないのだが、大手既成メディアはそういった常識に逆行してその自覚もない。

日本はハワイを買えばよかった

Monday, August 28, 2006 8:57 AM

マウイで二週間夏休みを過ごした。原稿はほとんど書かなかった。テニスとプールと読書が主で、たまにゴルフをして、夜はカリフォルニアワインを楽しんだ。わたしが着くころに落雷があってしばらくは電話が通じなかった。一年に一度しか行かないので、ブロードバンド回線はない。まったくインターネットにつながらないという状態が数日続いた。近くにヨーロッパ系のホテルがあるのでそこのビジネスセンターまで行けばメールも見ることができるのだが、面倒で行かなかった。数日間ネットから離れるというのは本当に久しぶりだった。

最近ではちょっとしたホテルだったら高速ＬＡＮが整備されているから、どこでも手軽に快適にメールでのやりとりができる。メールの総量はできるだけ増やさないようにしているが、それでも仕事に関するやりとりの九九％はメールになった。音声や画像、それに映像ファイルのやりとりを別にすれば、わたしの場合メールが数日送受信できなくても支障はないのだとマウイでわかった。急ぎの用だったら電話をすれば済む。ネットにつながらない数日間は、何かから遮断されてしまったような、また何かから解放されたような感じで、精神的には良かった。

だが、わたしが発行するＪＭＭというメールマガジンの海外レポートにレバノンからのものがあって、危うい停戦という危機的状況の中でほぼ二日おきに届いていた。リアルタイムで読みたかったので、電話線の復旧の知らせのあとはすぐにネットに繋ぎ、メールをチェックし、ベイルート在住（戦争中は郊外の避暑地に避難）の安武塔馬氏のレバノンレポートを読んだ。

＊

レバノンで戦争が起こり、さまざまな国の利害が絡む中で停戦の合意作りが進められ、実際に非常に危うい形で停戦が実現したあとも、日本では自民党の新総裁選挙における靖国参拝というレベルの低い問題がメディアの話題の中心になっているようだ。靖国問題は根が深く複雑だとよく言われるが、対アジア外交の争点として考える限り、小泉現首相のコミュニケーション能力のなさに尽きると思われる。小泉は靖国参拝を「心の問題」だと言うが、それは国内的には曖昧に理解されても中韓は理解もしにくい。「心の問題」という表現はあらゆる事態に対処できる曖昧な言葉で、靖国に参拝するしないではなく、そのような表現しかできないことが小泉現首相の致命的な欠点なのだ。

靖国を巡る問題ではA級戦犯の合祀がネックになっている。A級戦犯が祀《まつ》られている限り、靖国は国内問題にとどまらない。戦犯とは犯罪人であり、過去に戦争関係にあった外国と関係している。戦犯だと断罪した東京裁判の正当性を問い直す人びとも多いようだが、戦勝国の法律家が中心となって敗戦国の政治家や軍人を裁くわけだから、フェアではない部分もあるに決まっている。だが、東京裁判をやり直して、判決を覆すためには恐ろしい労力が必要だろう。もう一度世界を相手に戦争を起こして、何とか一人勝ちして、そのあとで東京裁判のやり直しを強行したほうが早いかも知れない。

誤解しないで欲しいのだが、わたしはこのエッセイで東京裁判がフェアだったかどうか問題にしているわけではない。いずれにしろ国内問題ではないのだから、相手国に理解させ、納得させられるかどうかが問われていることを指摘したいだけだ。つまり小泉現首相が靖国を参拝しようがしまいが実はどちらでもいいことで、小泉が中韓に対し自らの価値観と行動を説明して相手の理解と納得を得られるかどうかが問題なのだ。小泉は靖国に参拝したことで日本の国益を損なっているのではない。中韓に対し説明責任を果たせないために結果的に国益を損ねているのだ。

事前に相手国に乗り込んでいって、一〇時間でも二〇時間でも、胡錦濤や盧武鉉がもうあきれて疲れ果てて、嘘でもいいから「わかった」と首を縦に振るまでえんえんと説得し続けるようなしたたかな態度と、彼らが納得するような見返りを示すような現実的な戦略が必要だった。そのような偏執的な説得が功を奏しない場合、また東シナ海の天然ガスの無制限の採掘権認可とか台湾が中国の一部であると公的に認めるとかそういった無理な見返りが必要な場合は、小泉の靖国参拝はコスト&ベネフィットの面で非合理だという判断になる。小泉が中韓への説得工作をまったくやっていないために、靖国は国内と国外の問題の輪郭がぐしゃぐしゃになって混乱を続けることになる。

*

マウイに二週間ほど滞在したあと、ホノルルに一泊して日本に戻ってきた。わたしはハワイはマウイしか知らない。マウイでも正確に言うと北西部の一角だけしか知らないのだが、ホノルルの観光客の大半は日本人であるような印象を受けた。わたしの友人はバブル前にハワイの土地やコンドミニアムを買いまくったが、やがて資金繰りが滞りひどい安値で手放すことになった。今回、マウイのレンタカーの店主に、お前のコンドミニアムは買ったころの数倍の値段になってるぞと言われた。アメリカ本土の不動産バブルの影響で、価格に詳しい知人に聞いてみると確かに購入時の約五倍に高騰していた。わたしのコンドミニアムはそれほど大きいものではないが、モロキニ島とラナイ島の間に落ちる夕日が見える素晴らしいロケーションにあるので買い手はすぐに見つかるということだった。実際に、あなたのコンドミニアムを売って下さい、という手紙がしょっちゅう届く。

夕日が見えるというロケーションが気に入っていて、だいぶ改装もしたので売るつもりはない。それで、ホノルルで日本人だらけのホテルやショップを眺めていて、どうして日本はバブルのころにアメリカからハワイを買おうとしなかったのだろうと考えた。バブルのころ、確か日本にはアメリカ全土を買えるほどの資金があると言われていたはずだ。アメリカ本土を買うのはさすがに無理だろうから、ハワイだけでも買っておけばよかったのにと思うのだが、そういった戦略はなかったのだろうか。

そもそもハワイはどのくらいの値で買えただろうか。値段の前に、一九世紀ではないのだから他国の領土を買うというのは現実的ではないかも知れない。しかもハワイには日米遺恨の地パールハーバーがある。まずハワイ州の民族意識に強く働きかけて、合衆国から分離独立させるべきだろう。アメリカの憲法に詳しくないので詳しいことは不明だが、州を合衆国から分離独立させるのは不可能ではない気がする。しかしハワイ王国の復活を願う人びとはきっと少数だろうし、アメリカは基本的にハワイを豊かにしたので、分離独立の説得は簡単ではないだろう。だが不可能でもないだろう。次に日布（日本・布哇《ハワイ》）安全保障条約を結び、外交・政治・経済・軍事の結びつきを強化し続ける。そして最終的にハワイ王国を日本国に合併させるわけだが、そういった一連の政治的根回しと手続きにはどのくらいの資金が必要になるだろうか。

ひょっとしたら一〇〇兆円くらいで間に合うかも知れない。一〇〇兆円というのは、バブル後の大不況で小渕政権が実施した公共事業中心の大盤振る舞い政策とか、そのあとの金融機関への注入額とたいして変わらない。田舎に高速道路やダムや空港を作るよりハワイを買っておいたほうがよかったのではないだろうか。経済合理性の面からお得というより、ハワイを分離独立させ、合併する過程で、日本は外交能力を磨くことができたかも知れない。人間は金がかかっていれば必死に学習するからだ。そして、ハワイを手に入れていれば、案外バブルはあのような形では終わらなかったかも知れない。

レバノン侵攻より梅雨明けが重要なのか

Wednesday, September 27, 2006 11:02 PM

福岡で複数の子どもが死亡する痛ましい事故があって、飲酒運転に対する非難が高まった。いろいろな人が飲酒運転をしていたことが発覚して、当然のことだが厳しい罰が科せられたようだ。車を運転すると知っていて酒を飲ませた者も逮捕されたし、同じ車に乗っていた者にも罪があることになっている。アルコールの混じった呼吸を感知して動かなくなる車とか、飲酒運転を防止する器機を備えた車の開発も盛んに行なわれているらしい。

若干違和感を覚えるのは、問題は事故であって、飲酒運転ではないということだ。飲酒運転は法で禁止されているので当然やってはいけないが、それは事故のリスクを飛躍的に高めるからという当たり前のことが抜け落ちているような気がする。少しの酒でフラフラになる人もいれば、ウイスキーのボトルを一本空けてもまったく平気な人もいる。勘違いしないで欲しいが、酒に強い人は飲酒運転をしてもかまわないとわたしが考えているわけではない。

飲酒運転を防止しようと思ったら、酒を飲んで運転するリスクと万が一事故を起こした際のコストをていねいに説明する努力も必要ではないだろうか。

大人なんだからそんなことはわかっているに決まっていると関係者は思っているのだと思う。民主主義が根付き、高校進学率が一〇〇％に近づいて教育もある程度普及した今、どうして飲酒運転のような幼稚な犯罪行為が問題になるのだろうか。大人なら当然抱いて然《しか》るべき危機感がない個人が少なからずいるということなのだろう。最悪の事態を想像しない人間が無視できない数で存在すると言い換えることもできる。万が一、ということを考えない人がいるということだ。

＊

今年七月初旬、イスラエルがヒズボラ掃討のためにレバノン南部に侵入した日、ＮＨＫの夜七時のニュースのトップは「梅雨明け」だった。日本を代表するメディアがいかに「内向き」になっているかを示す象徴的なトップニュースだったので、わたし自身のメールマガジンをはじめいろいろなメディアでそのことを指摘した。イスラエルのレバノン侵攻と日本の梅雨明けとどちらがより重要なニュースかと問えば、一〇〇人が一〇〇人前者と答えるだろう。だがＮＨＫがプライムタイムニュースのトップで「梅雨明け」を報道してもほとんどの人が違和感を持たないのも事実だ。

海外のメディアや友人に、どうして日本ではレバノン戦争より梅雨明けのほうが重要事項なのかと聞かれても、わたしたちはうまく答えられないが、国内の文脈ではまったく当たり前のこととして梅雨明けのニュースを見る。なぜレバノン戦争をトップで扱わないのかとNHKに対して怒りを覚える人はごく少数だろう。日本には、世界と国内を微妙に区分けして考える「ダブルスタンダード」あるいは「国内標準」とでも呼ぶべきものがあることになる。ただしそのような「国内標準」はさまざまな形でたぶんどの国にもあるので、そのことが悪いとか間違っているというわけではない。

問題は、そのような「国内標準」が持つリスクだ。国内標準に慣れている国民は世界の趨《すう》勢《せい》に疎くなりがちなので、政府は外交において特別なコストを払わなければいけない場合がある。極端な例は、中国や旧満州を巡る戦前の日本の世論と外交だ。日露戦争に勝って以来、日本国民は舞い上がっていて、政府が西欧列強に対して妥協することを許さなかった。「いや日本はロシアに勝ったと言っても、実際のところアメリカに比べれば国力はまだまだ大したことはないんですよ」というような正しい説明を試みる政治家は「弱腰だ」と非難されたり脅されたりして、ひどい場合には暗殺された。

国内標準に照らすと「梅雨明け」が「海外の戦争」より重要だという視点は、高度成長とともに育ったわたしには馴染み深いものだ。戦後の混乱期から高度成長期にかけて日本が豊かになっていく過程で、メディアは何よりも尊いものとして明るい未来と平穏な日常を意識的に強調して報道した。敗戦が辛くみじめなもので、戦争ではほとんど世界中を敵に回してしまったという反省もあって、機会を探しては明るく平和な日常を報道して国民全体の士気を鼓舞する必要があったのだと思う。

＊

わたしが小学校に入学するとき、地元のNHKがやって来て、小学校六年生に新入生をインタビューさせるという番組を作った。「お父さんの名前は」「好きな食べ物は」「学校の印象は」そういった質問にわたしが答えている番組の録音テープが実家には保存されている。さすがにそういった番組はいくら地方でももう企画されないだろう。しかし、昭和三〇年代初頭には、「今年も元気な新入生が小学校にやって来ました」という明るい話題を提供する番組が必要とされたのだ。空襲や餓えや疫病で死ぬこともなく大勢の子どもが小学校に入学する、というのはまさしく「トップニュース」であり得た。

同様に、田植えや梅雨明けや七夕やお盆祭りや刈り入れや秋祭りやお正月などが今年もちゃんとやって来たという「日常的平穏」も非常に重要なことだった。当時の日本の大人たちは、子どもたちにおいしくて栄養のあるものを食べさせようとしていたし、そのために豊かにならなければいけないと必死の思いで働いていた。朝鮮半島やインドシナで起こっている戦争よりも、健康で元気に小学校に入学する子どもたちを紹介するほうが、ラジオのニュースにおいて優先順位が高かった。国際感覚が欠如しているわけだが、誰もそれを責める者はいないだろう。

＊

ＮＨＫが夜のニュースでレバノン戦争に優先して梅雨明けを報道したのは、おそらくそういった文脈による。ニュースの作り方の基本が五〇年前と変わっていないわけだが、もちろんそのような報道姿勢はＮＨＫだけではなく大手メディアのほとんどすべてに見られる。だがそれは大手既成メディアが単にバカだからというわけではない。流通し定着してしまった文脈を、時代と状況の変化に対応させて変えていくのはとてもむずかしい。また文脈というのは簡単に形作られるものではない。

戦後すぐのころには、民主主義という概念がなかったから戦前の文脈をやりくりしながら使い回さなければならなかった。そしてメディアは日本人に幸福感を与えようと「日常的平穏」を優先させる国内標準を作っていった。繰り返すが、そのことは間違いではなかった。単に、そのような国内標準に象徴される文脈が現代とフィットしなくなり、その結果として明らかな弊害を生み出しつつあるということだ。

「日常的平穏」を優先するという基本姿勢は、「この世の中では往々にして取り返しのつかないことが起こるので最悪のことを想定して事態に対処したほうがリスクが少ない」というごく当たり前のことを想起しにくくなるという弊害がある。経済が充分に成長した社会で「日常的平穏」が優先されると、あらゆることが「趣味的」になり、「人生を変えてしまうようなこと」「致命的なこと」「生きのびるためにどうしても必要なこと」などが問われなくなる傾向が現われる。こんなに酒を飲んだあとに運転したらひょっとしたら事故を起こして人生を棒に振るような事態に陥るかも知れない、というようなごくごく自然な危機感を持つことができない人が増えているとしたら、その要因は単純ではない。

北朝鮮が核実験をした、らしい

Friday, October 27, 2006 1:05 AM

北朝鮮が核実験をしたらしい。放射能を検出したとアメリカだけが発表したが、北朝鮮には核爆弾のための材料も技術も不足しているという指摘もあって、はっきりしたことはわからない。日本政府は、国連決議を受けておもにアメリカと協力しながら、また独自に、制裁を行なっている。北朝鮮が核爆弾を保持しているという可能性と、実は持っていないという可能性と、本来は分けて対抗策を考えなければならないが、実際に持っていると仮定して、関係各国の地政学的な違いと思惑の微妙なギャップについて書いてみたい。

北朝鮮が核実験をして、ほとんどすべての国が迷惑に思っている。まさに悪夢のような事態であることは間違いない。だが、たとえば六カ国協議に参加している北朝鮮を除く五カ国の最大の懸念事項はそれぞれに違っている。まずアメリカだが、ワシントンに住む友人のメールによると北朝鮮の核はあまり関心を集めていないらしい。中間選挙の争点にもなっていない。アメリカ人とメディアの関心はあくまでイラクが中心なのだそうだ。

北朝鮮の核実験が報じられたあとのアメリカでは、アラスカにはミサイルが飛んでくるかも知れないが本土まで届く弾道ミサイルの開発は不可能なので心配ないというようなことが言われたらしい。アメリカにとって最大の悪夢は、北朝鮮が核爆弾をイスラム原理主義のテロ組織に売ることだろうが、そのリスクはムシャラフが失脚しイスラム原理主義者が政権についたときのパキスタンのほうが高い。要するに、核ミサイルが自国領土まで飛んでくるわけがないわけだから、アメリカにとってそれ以外はたいした脅威にはなりようがない。

中国は、北朝鮮から攻撃される可能性はほとんどゼロに等しい。北朝鮮が中国領土に向けて核ミサイルを撃つという事態は想像できない。中国にとっての最悪の事態は、金正日体制が崩壊し国境を越えて大量の難民が押し寄せることだろう。ロシアも同じだ。北朝鮮がロシアの中枢部に核ミサイルを撃つことは想像できない。だいいちモスクワが射程距離に入るような長距離ミサイルの技術は北朝鮮にはないし開発する能力も資金力もない。

韓国にとっての最懸念は他とは比較にならないほど切迫している。仮に北朝鮮が核爆弾を持っていなくても、南北が戦争すれば通常兵器でソウルは火の海になる。三八度線近くに設置されたロケット弾でソウルはあっという間に焼け野原になり回復不能になるほど破壊されるだろう。韓国の太陽政策の真意は不明だが、せっかくここまで経済発展したのに戦争になって首都が灰になるのはバカバカしいと、多くの国民が思っているのではないだろうか。つまり韓国は北朝鮮が核爆弾を保有しようがしまいが常に戦争というリスクを抱えていることになる。

日本にとっての最大の悪夢は、北朝鮮が実際に核ミサイルを撃ってくることだ。日本は人口や産業が密集しているので核攻撃に弱い。北朝鮮のミサイル技術に精度がなくても九州を狙われたらおそらく防ぐ方法はない。日本は、消去法で考えると、北朝鮮が核を持っているとしたらもっとも狙われる可能性が高い。アメリカは、狙われないというか、本土まで飛んでくる核ミサイルを北朝鮮は持っていない。在日米軍基地は狙われるかも知れないが、それでもアメリカ人兵士に被害が出ると北朝鮮は甚大な報復を覚悟しなくてはならなくなる。北朝鮮は一見発狂しているかに思えるが外交的感覚は案外鋭敏だ。つまり強い相手に対しては決定的に怒らせてしまう事態を避けるというずるさがある。

前述したように、ロシアと中国に向けて北朝鮮が核ミサイルを撃つことは想像できない。韓国の場合は、通常兵器でソウルを火の海にできるわけだから、あえて核ミサイルを撃つ必要がない。要するに、このまま制裁措置が進行して体制崩壊の危機に立った北朝鮮が、暴発して核ミサイルを使うと決めた場合、もっとも危険なのは日本だということになる。

北朝鮮が日本を核ミサイルで攻撃したら、アメリカは集団的自衛権を発動して北朝鮮を核で攻撃するのだろうか。それは誰もわからない。日米政府のやりとりの中で密かに取り決めがあるのかも知れないが、安保条約には「日本が他国から核攻撃を受けたらアメリカは核で反撃する」とはどこにも明記されていない。「日米防衛協力のための指針」という文書には、日本に対する武力攻撃がなされた場合、日本は主体的に行動し極力早期にこれを排除し、その際米国は適切に協力する、という風に書かれてある。

日本が北朝鮮から核攻撃を受けたとしても、核によるアメリカの報復には中国と韓国は反対するだろう。放射能による汚染もあるし、隣接した地域・国に対して核爆弾が使用されることを素直に認める国はない。それではアメリカは通常兵器で北朝鮮を攻撃するのだろうか。それに対しては韓国が反対するだろう。北朝鮮が空爆で壊滅的な打撃を受ける前に、間違いなくソウルは火の海になるからだ。

日本が攻撃を受けたらアメリカが何とかしてくれるはずだと、わたしたちは何となくそう思っている。それでは「何とかする」というのは具体的にどういうことなのか。

先日ライス国務長官が来日したとき、日本のメディアは、「日本が北朝鮮から核攻撃されたらアメリカは核で反撃してくれるんですか」という質問をしなかった。アメリカの核の傘というのは抑止力という意味で、報復に関してはアメリカ政府は具体的に明言していないし、前述したように安保条約にも書かれていない。日本の政治家やメディアは、アメリカに対して「日本が北朝鮮に攻撃されたらどうやって報復してくれるのか」と聞くべきだと思うのだが誰も聞かない。

*

北朝鮮が日本を核攻撃するという事態は、どういう状況下で起こりうるのだろうか。まず考えられるのは、金正日体制が中国を含む各国の制裁によって崩壊寸前まで追いつめられ、戦争状態を作り出して求心力を保つという絶体絶命の選択肢の中で核ミサイルを撃つという場合だろう。また金正日体制が実際に崩壊して強硬派の軍人が政権を掌握し、戦争状態によって権力を維持しようという場合もあるだろう。もちろんいずれの場合も、北朝鮮は国家として崩壊する。アメリカが核で報復しなくても、中国と韓国が戦争を望まず、実際に朝鮮半島で戦闘行為は起こらなかったとしても、さらに一歩進んだ経済制裁を科すだけで、石油や食糧を完全に止めるだけで北朝鮮は壊滅する。

ということは、考えたくないシナリオだが、金正日体制を崩壊させるために周辺各国の了解のもとに日本が犠牲になるという可能性はまったくないわけではない、ということになる。日本のどこかで小さな核ミサイルが一個か二個爆発したからといって、致命的に困る国があるだろうか。

日本は、アメリカに頼らずに北朝鮮の核攻撃を回避する方法を自力で考えなくてはならないと思う。その方法とは核武装だろうか。だとしたら、北朝鮮と日本が核を撃ち合って損害が大きいのはどちらだろう。相手は中古の自転車や電気製品をボロ船で運ばないとやっていけないような超貧国で、日本は世界で二番目に豊かな国だ。もし核の撃ち合いが損だとしたら、どうやって北朝鮮が核ミサイルで攻撃してくるのを回避すればいいのか。今のところそういった問いさえも、大手既成メディアのどこにも存在しない。

ソウル明洞の屋台で考えたこと

Tuesday, November 21, 2006 6:55 PM

取材でソウルに来ている。韓国の映画人との対談も兼ねていて、今年二回目のソウルだ。土日の明洞はものすごい人出で、屋台では深夜まで老若男女が酒を飲みながら大声で会話に興じていた。活気を感じたが、土日のソウルの繁華街だけを見て、韓国の状況を判断できるわけがない。いろいろな人に、現政権の北朝鮮に対する「太陽政策」について聞いてみたが、だいたい答は同じだった。つまり、別に北朝鮮を信頼したり親近感を持って融和的な政策をとっているわけではなく、国際的に孤立する金正日体制を追いつめて暴発させソウルが火の海になってはかなわないということだった。ただし宥和政策には無視できない数の反対勢力がいるらしい。朝鮮戦争でひどく傷ついた人や、現状に強い不平不満を持つ経済格差の犠牲者たちだ。

北朝鮮が六カ国協議へ参加する。しかしもともと六カ国協議という多国間交渉の場は、北朝鮮に核兵器開発を断念させるためのものだった。本当に北朝鮮が核実験に成功したのかどうか疑わしい部分もあるが、当の北朝鮮がそう明言しているわけで、だとすると協議の前提として、核保有国として扱うのかどうかが重要なポイントになるはずだが、今のところ曖昧なままだ。おそらくアメリカや中国は、北朝鮮が核保有国かどうかを曖昧にしたまま協議に入るつもりなのだろう。北朝鮮が協議に参加しなければアメとムチを示して交渉することさえできないからだ。

北朝鮮の六カ国協議復帰という発表に対して、日本政府は苦々しさを示していたような気がする。とりあえず歓迎する、というような複雑な反応だった。日本政府にとっては、北朝鮮が交渉のチャンネルを閉じて強硬な態度を取り続け、国際社会で徹底的に孤立を深めるほうが都合がよかったのではないだろうか。誤解しないで欲しいが、「日本にとって」ではなく、「日本政府にとって」ということだ。北朝鮮の六カ国協議への復帰は、中国が主導し、アメリカに訴えて、米中朝の三国によって決定された。日本政府は北朝鮮の復帰に関して影響力を発揮することがなかったし、六カ国協議をリードすることもできないだろう。アメリカの意向を最優先する以外に交渉の選択肢を持っていないと他国に思われているからだ。

＊

こうやって書いてきて、奇妙な既視感のようなものを覚える。中間選挙でブッシュ率いる共和党は完敗した。民主党はイラクからの撤兵を含むさまざまな政策変更を目指すだろう。民主党がすぐに日本との関係を見直すことはないが、たとえば近い将来、朝鮮半島の安定を優先するということでアメリカが北朝鮮と国交を結んだり不可侵条約を交わしたりしたら、日本政府はどういう立場に立たされるのだろうか。

もちろん中間選挙での民主党の勝利で困難な立場に立たされたかのように見えるのは日本政府だけではない。人権や環境問題をより重視し、台湾にシンパシーを持つ民主党が上下院をコントロールすることになって、中国は困惑するという指摘もある。だが民主党にしても東アジアにおける中国の影響力を無視できない。いきなり台湾問題で中国に敵対するような態度はとらないはずだ。原則を現実に適応させていくのは政治の重要なファクターだ。

つまり状況に応じて自らの原則をアレンジするわけだが、就任直後に中国を訪問した安倍首相はその典型だった。安倍晋三は自民党の総裁選挙中から訪中を準備していたに違いない。あの訪中は、北朝鮮の核実験によって最悪の立場に追い込まれることから日本政府を救った。ただし最悪の立場を免れただけで、決して日本が北朝鮮問題で影響力を持ったわけではない。しかし、六カ国協議で多大な影響力を持っているアメリカと中国も立場は極めて微妙で、どちらも北朝鮮への単独の影響力の行使は望んでいないだろう。北朝鮮との交渉をリードして核開発の放棄に同意を得たとしても、その見返りは大きく、監視や検証に失敗すれば信頼を失う。

いずれにしても六カ国協議は矛盾を抱えたまま開かれることになる。北朝鮮の核保有を認めるのか、認めないのかを曖昧にしたまま、協議が開始されそうだからだ。だが、当の北朝鮮も重大な矛盾を抱えている。北朝鮮はアメリカに対しては不可侵を確約させようとするだろうし、中国や韓国に対しては経済援助の継続と拡大を要求するだろう。だが米朝の緊張が緩めば金正日と強硬派の将軍たちとの間に利害の不一致が生まれ、経済が安定すればするほど外部の情報を遮断するのが困難になる。

＊

北朝鮮の核開発と六カ国協議に関しては結論があるわけではない。話題を変えよう。ソウルで、久しぶりに屋台というか、簡易テーブルと椅子を並べて保温用のビニールで被《おお》っただけの飲み屋で飲んだ。明洞で海鮮料理の夕食をとったあと、友人たち数人と飲んだのだが、豚の軟骨や砂肝、それにムール貝のスープなどをつまみに無茶苦茶に酒を飲み、大声でいろんなことを話した。まるで韓国映画の登場人物になったようだった。

翌日二日酔いで頭を抱えながら、どうして屋台ではあんなに大声で喋ってガンガン酒を飲んでしまうのだろうと考えた。この二〇年ほど屋台には行ったことがない。たいていの場合定宿のホテルのバーで飲む。夕食前にホテルのバーで会ってビールや食前酒を飲みながら話し、夕食後にまたホテルのバーでワインやブランデーを飲みながら話す。当然仕事の話が主になるわけだが、大声で話す者は誰もいない。つまみにしても、生ハムメロンとかフォアグラとか野菜スティックとかチーズの盛り合わせとかで、豚の軟骨やタラの唐辛子炒めやケジャンはない。

ホテルのバーには大理石のカウンターや革張りのソファやチーク材のテーブルがあって、人と人の間に距離感がある。テーブルや椅子の数も少なく人口密度が低いから、大声を出さなくても話ができる。みな静かに喋り、突然叫び出す者も泣き出す者もほとんどいないし、ケンカが起こることもない。勘違いしないで欲しいのだが、わたしはソウルの屋台で痛飲するほうがホテルのバーで静かに話すより人間にとって素晴らしいと思っているわけではない。仕事の話は大声を出し合うよりも静かに冷静に論理的に話したほうがいいに決まっている。

ソウルでは、大学受験が始まっていた。名門大学に子どもを入れるための韓国の親の努力は想像を絶しているのだという。評判の塾に歩いて通える地域の土地が異様に高騰しているのだと聞いた。韓国の親たちは、どういう対価を期待して子どもを有名大学に行かせようとするのだろう。屋台ではなく、ホテルのバーで酒を飲みながらビジネスの話をするタイプの人間にしたいと思っているのだろうか。ソウルの定宿のバーには下手くそなオーストラリア人のデュオの生演奏が入っていた。キューバイベントの直後だったので、音楽の質のあまりの落差に愕然となった。ゴミみたいな音楽をバックに、おそらく競争を勝ち抜いたのだろうと思われるビジネスマンたちが、コニャックを飲み、身体を揺らしていたが、そんなものが素晴らしい人生だとはまったく思えない。日韓を問わず、世の多くの親たちの「成功」のイメージとはどういうものなのだろうか。

国家と個人の優先事項

Friday, December 22, 2006 1:59 AM

昨年一二月に六カ国協議が再開され、北朝鮮の核廃棄についてはほとんど進展らしいものは何も見出せないまま終わった。日本としては北朝鮮が六カ国協議への参加に同意しないほうがよかったのだろうという思いをわたしは強くした。日本政府は北朝鮮とは個別に交渉できないので、六カ国協議の場で拉致問題が取り上げられることを世論はどうしても期待する。だが今回の六カ国会議は、核実験を行なったとされる北朝鮮がアメリカからの譲歩を引き出すため参加したもので、当然最大の焦点は北朝鮮の核廃棄とアメリカの経済制裁解除ということになる。

事実アメリカと北朝鮮は北京で二国間の協議を重ねた。アメリカは北朝鮮に核の廃棄を迫りたいし、北朝鮮はアメリカに経済制裁の解除と不可侵を確約させたい。中国の根回しにより、実際の交渉継続だけが決まった形だが、北朝鮮にとってはアメリカとの二国間の交渉の糸口が見つかり、アメリカにとっては譲歩の方向性が決まったわけで、見方を変えれば、双方ともある程度の成果を上げたと言えるだろう。

繰り返すが、今回の六カ国協議は北朝鮮の核実験に対して何らかの歯止めが不可欠だということで中国が動き、北朝鮮とアメリカを説得して実現したものだ。協議再開について日本にはたぶん「決まったよ」という結果だけが知らされて、経緯については何の相談もなかっただろう。日本は六カ国協議に関していかなるキャスティングボードも持っていないし、アメリカが再開を決めれば自動的に参加せざるを得ないと、中国もアメリカも韓国もそう思っているからだ。アメリカも中国も韓国も、表向きは拉致を重大な人権問題だと表明してはいるものの、核に比べれば優先順位は著しく低い。開催国として何らかの成果を上げなければ顔が立たない中国などは、六カ国協議の場で拉致問題を取り上げて交渉を複雑化しないでもらいたいという思いが強かったはずだ。

日本政府としても、協議再開前に拉致問題をいたずらにクローズアップさせることはできなかっただろう。北朝鮮が「日本を外せ」を本気で言い出しかねないからだ。今回の六カ国協議は北朝鮮の核実験にフォーカスした緊急のものだったから日本が拉致にこだわったら本当に協議から締め出されていたかも知れない。しかし、北朝鮮が核実験を行なった時点では、中国やアメリカをはじめほとんどすべての国が現実的に脅威を感じていたので、北朝鮮への制裁の動きが強まった。拉致問題の解決に展望が開けそうな予感もあった。

＊

それぞれの国にそれぞれの思惑があるとしても、国連安保理をはじめ国際社会が北朝鮮への制裁に荷担し、加えて日本は独自の制裁措置を取った。日本にとっては、北朝鮮が頑《かたく》なな態度を変えず、中国の調停も無視して完全に孤立し、金正日体制が崩壊したほうがよかったのかも知れない。崩壊の危機に際して北朝鮮は日本にミサイルを撃ち込むだろうか。冷静に考えると、北朝鮮が日本にミサイルを撃ち込んでもあまり利益はない。つまり得るものはほとんどなく、北朝鮮は最終的に体制の崩壊という最大の損害を被る。日本に届く精度の高い核弾頭付きのミサイルが本当にあるのかどうかも疑問だが、核攻撃を実行すればそれはアメリカの報復を呼び北朝鮮という国の消滅を意味することはどんなバカにだってわかるはずだ。

六カ国協議が再開されることなく経済制裁が続き、中国が本当に燃料や食糧の援助を縮小すれば、北朝鮮の現体制は間違いなく崩壊しただろう。北朝鮮の体制が崩壊して、もっとも被害を被るのは韓国と中国だと思う。現状のまま北朝鮮の体制崩壊によって半島が統一されたら、韓国経済の混乱の度合いはドイツの比ではない。また中国国境には何百万という難民が押し寄せ、ただでさえ不安定な中国内陸部をさらに混乱させてしまうだろう。体制の崩壊に際して北朝鮮は発作的に三八度線を越えるかも知れない。北朝鮮には長期的に戦争をするだけの燃料も武器も足りないはずだが、国境に配備されたロケット弾だけでソウルは火の海になるだろう。

韓国の現政権が太陽政策を止めないのは、金正日と強硬派の将軍たちが発狂してしまって、せっかくここまで発展させた経済を破壊されてしまうのを避けたいからだとわたしは想像している。そうではなくて同じ民族として北朝鮮に親近感を感じているだけだったら、韓国現政権はただのバカの集まりだ。北朝鮮の体制の崩壊だが、日本には大した影響はないと思う。難民がボートで押し寄せるかも知れないが、金正日体制が崩壊したのだから弾圧の危険はない、そう言って申し訳程度に受け入れたあとは追い返せばいいのだ。統一された半島国家に対し、援助をちらつかせて強引に拉致問題を解決することも可能かも知れない。少なくとも今よりは拉致被害者に関する情報は集めやすいし、安否ははっきりして、生存者の帰還もスムーズに運ぶだろう。

＊

誤解しないで欲しいが、わたしは北朝鮮の現体制の崩壊を六カ国協議より優先したほうがいいと言っているわけではない。拉致問題の解決にとって六カ国協議の再開は本当にメリットがあったのかという疑問を示しているだけだ。北朝鮮の核実験は確かに重大事だった。重大事は関係国に選択肢の縮小を迫る。日本政府はずっと拉致と核に優先順位をつけることから逃げてきた。朝鮮半島の非核化と拉致問題は包括的に解決の道を探っていくなどときれい事を並べてごまかしてきた。優先順位がはっきりしていれば採るべき外交政策は自ずから決まる。場合によっては、六カ国協議をボイコットするというような選択肢もあって、協議の再開はさらに迷走しただろうが、日本としての影響力も発揮できたかも知れない。

だが政府としては外交に優先順位をつけるのは政策の幅を狭めてしまうのでできればやりたくないだろう。「包括的解決」などとごまかしていたほうが楽だからだ。政府の優先順位を明らかにさせるのはメディアの役割だと思うのだが、どんな新聞もテレビもそんな報道はしない。六カ国協議に大勢の人員を派遣して「いったいどうなっているんでしょう」とまるで傍観者のような報道をするだけだった。「アメリカと北朝鮮の間には依然として大きな主張の隔たりがあるようです」などと子どものような報道に終始していた。

考えてみればすぐにわかることだが、アメリカと北朝鮮の隔たりは絶対になくなることはない。それが狭まることさえない。隔たりをなくすために協議しているわけではない。深刻な利害の隔たりを認めて、その上で双方が譲ることのできるギリギリのラインを見極め、タイミングを計って提案する、それが外交交渉だ。北朝鮮の代表は下手をすると収容所に入れられるという覚悟で協議に臨んでいるから、絶対に無自覚な妥協はしない。

今後の六カ国協議で核について何らかの妥協点が見出されたとき、もっとも困った立場に追い込まれるのは日本だ。核問題が解決の方向に動き出し、制裁が解除されていったら、日本の独自制裁はどうなるのだろうか。独自制裁を解けば、拉致問題の解決はさらに遠のいてしまうかも知れない。核問題が解決の方向に動き出したときに、独自の制裁を続ければ日本は孤立する。優先事項を決められない国家や個人は、必ずそのしっぺ返しを食うのだが、そのことにメディアはいっさい触れることがない。

『半島を出よ』の亡霊のような影響力

Monday, January 29, 2007 3:04 AM

連載小説を書き終えたばかりでエッセイの材料を探す気力がない。『半島を出よ』を書き終えて以来、初めて取り組む長編小説ということになるが、書き始めるときはそんなことは意識しなかった。だがすでに一年ほど書いて、やっとわかったことがあった。バカみたいなことだが、『半島』が小説家としての自分にいかに影響を行使しているかという、考えてみれば当たり前のことがわかったのだ。『半島』は書ききるのが大変に困難な作品だったが、書き終えたらすぐに次の小説を書くものだと思っていた。

『半島』を脱稿した直後、新しい連載元の出版社の人たちを前にして、べらべらと新連載作品の内容を話したのを覚えている。そのあとその出版社でもっとも信頼していた編集者から、「大作を脱稿してふぬけになっていると思ったけど、すぐに次の作品のことをあれだけ語るなんてさすがですね」というメールが来た。そのとき、『半島』は確かに困難な小説だったがおれがこのくらいでふぬけになるわけがないじゃないかと思ったが、どうやらそれは間違っていたようだ。わたしは「ふぬけ」になったわけではない。ただ『半島』という作品が作者であるわたしに対して行使する影響力についてまだ考えが及ばなかったのだ。わたしは新連載を書くに当たって、『半島』と同じように、すべてを箱根の別荘で書くと決めていた。『半島』の脱稿からちょうど一年後に連載は始まったが、当初予定通り箱根に閉じこもってその月の連載分を書いた。まとまった期間箱根に入ることができない月は休載にしてもらった。そういった書き方が間違っていたわけではない。だがわたしは当然のことのように、箱根以外ではこの作品は書けないと思い込んでいたのだ。

まさにそういうことが『半島』の影響だったと気づくのにさらに半年かかった。またわたしは新連載を始める前に膨大な量の資料を読もうとした。新連載の作品に必要だと思われる資料を片端から揃え読んでいった。資料を読んだことがムダだったと思っているわけではない。しかしわたしは、「ごく当然のことのように」ものすごい量の資料を取り寄せ読んでいったのだが、そういう態度にしても『半島』の影響下にあるのだと気づかなかった。

さらにわたしは新連載の小説には「新しい文体」が必要だと思い込んでいて、いろいろな文体を試した。『半島』を書いている途中、シーホークホテルでの戦闘シーンで、非常に奇妙な文章を書いた。その戦闘シーンはむずかしくてそれまで自分が獲得したありとあらゆる文体を駆使しなければならなかった。もう使える文体がないとわかったあと、さらに面倒くさい別の戦闘シーンが待ち受けていて、手持ちの文体が底をついたために、脳が過剰な状態になり今となっては思い出せない変な文体で、ある人物の行為を描写した。その文章は自分でも興味深かったが、『半島』全体のムードを壊しかねないものだったので、もうろうとした頭で、惜しいな、とか呟きながら文章そのものを消去してしまった。

＊

その文章を残しておけばよかったと新連載を始めるときに何度も思った。そしてその変な描写を新連載で試したがうまくいかなかった。理性で考えて書けるようなものではなかったのだ。意味が通じるか通じないかギリギリのところにある、目眩《めまい》がするような文章だったような記憶があるが、今となってははっきりしない。文体は考えて考案できるものではない。作品が要求する文章の質をギリギリまで高めようとしてあがいているときに、無意識の領域から何かが浮かんできて、それを捉えることができたときに、文体が誕生する。

短編集『トパーズ』の文体が生まれたときのことはよく覚えている。わたしは統合失調症だと思われる読者からのファンレターのような文章を書きたいと思っていて、ただその文体をそのまま活かしたら意味が通じないからどうすればいいのだろうと迷っていた。そしてあるとき、句読点を省略してグルグルと回転するような文体を「突然に」書き始めたのだった。何度か書いて試したわけではなく、最初からその文体が脳内にインストールされていたかのように何の迷いもなくすらすらと書くことができた。

他にもそういった経験は何度かある。だから、『半島』の戦闘シーンで偶然のように書いてしまったその変な文章を再現しようと思ったのだが、今に至るまで実現していない。しかし、『半島』の戦闘シーンで突然に出現した文章を新連載で使えるのではないかというようなアイデアそのものが『半島』に影響されているのだとやっと気づいた。他にも『半島』の亡霊のような影響力はいろいろとある。だがそんなものを紹介してもあまり意味がない。

*

最近、ニュースを見るときにイライラして苦痛になってきた。NHKも民放もニュースで嘘をついているということではない。ただ何か本質を見ないようにしながら事件や国内政治・経済情報や国際情勢を報道しているような気がして仕方がない。格差がよく取り上げられるが、わたしが知りたいのは、たとえば「現状の格差は致命的なものか、それとも現状ではまだ許容可能だがいずれ致命的なリスクとコストになりうるものか」というようなことだ。現代の日本社会にあるとされるさまざまな格差は、今すぐに相当なダメージを社会に与えかねないシリアスなものなのか、それともこの程度の格差は何とか許容されていずれ一般的なこととして安定的に定着するものなのか、わからない。

おそらくそれがわかる人はいないだろう。たとえば今のアメリカは、経済活動の効率化のためにはどの程度まで格差を広げてもだいじょうぶなのかという実験をしていると言えるかも知れない。逆にEUなどでは、格差是正をどこまで追求し実行すれば経済活動に致命的なダメージを与えることになるか、という実験をしているように見える。どちらが正しいかということではない。それぞれの国・地域の実情と歴史を考慮して、よりリスクとコストの少ない方法を選ぼうとしているだけだ。

日本は格差をどうするのだろうか。たとえば社会保障をパートも正規社員も同等に与えるという改革を実行したとたんに、経営と労働者の利害がシリアスに対立する。正規社員以外の社会保障の充実が長期的に考えると経営側にも利益になる、みたいなことはどうでもいい。現状では、社会の構成員全体に利益をもたらす改革などないということだ。効率を優先して社会格差を受け入れるのか、効率を犠牲にして社会格差をなるべく少なくするという方向に進むのか、実はどちらかしかないのだが、そのことは絶対に語られることはない。

イラク問題にしても、わたしはまずイラクの現状がまったくわからない。バグダッドに記者を派遣している大手既成メディアも多いが、バグダッドのどの地区がどの程度危険なのか、誰も言わない。おそらくイラクにはアメリカ軍でも入れない地域があるような気がするのだが、そのことがわからない。イラクが内戦状態なのかどうか、とりあえずそんなことはバグダッドのホテルにいる記者にはわからないだろうが、治安ゼロで取材不能なのはどの地域なのか、取材が可能なのはどの地域かはわかるはずだ。でも誰もそんなことには言及しないし、キャスターも興味を示さない。自分が知らないことと知っていることを判別するのが「知る」ということのはずだが、大手既成メディアはそういう意味では「知ろう」としていないのだ。

「もっと多く救えたはずだ」とシンドラーは……

Tuesday, February 27, 2007
12:22 AM

参考資料としてスピルバーグの『シンドラーのリスト』を数年ぶりに観た。映画を見直すときにいつも思うのは、記憶に焼き付いているシーンと、忘れてしまっているシーンがあるのはなぜか、ということだ。同じ映画でもわたしの記憶に焼き付いているシーンは、他の人と違うのだろうか、というようなことも考える。『タイタニック』のラストシーンのように、これでもかという演出が詰め込まれた場面はほとんどの人の記憶に残るのだろうが、映画では、「どうしてこんなシーンが」というような、どうでもいいような場面が記憶に焼き付いていたりするものだ。

まったく記憶に残らない映画もある。最近のハリウッドの映画に多い。ＣＧを駆使して、ものすごいスペクタクルシーンを作り上げているのに、どういうわけかまったく印象に残らない。たとえば『ハムナプトラ2』や『ロード・オブ・ザ・リング』のラストでは必ず地平線を埋め尽くす大軍団が登場するが、どんなストーリーだったか翌日になると忘れているし、そもそもそんな映画を観たという事実も曖昧になってしまっていることも多い。

『ダ・ヴィンチ・コード』を映画館で観たとき、わたしは、「カソリックでもないのにどうしてこんな映画でハラハラドキドキできるのかわからない」などと上映中に文句を言い始め、周囲から「静かに見てください」と注意された。原作は読む気がしなかったが、話題作というので映画を観たのだが、カソリック教徒以外の日本人があの物語に感情移入できることがどうしても理解できなかった。キリストの出生に、またキリスト自身にタブーとされる謎が隠されていようがいまいが、そんなことは死生観において仏教徒であるわたしにはどうでもいいことだ。だからどんなに周到に謎が準備され解き明かされていってもまったく感情移入できなかった。世界のメディアはさまざまな事柄で人々を無自覚に欺いている。映画が観客に興奮を強制するのはもっと簡単なのだ。

*

わたしはスピルバーグの映画が好きだ。大好きというわけではないが、映画の中に必ず偏執狂的に凝りに凝って作ったディテールがあって、それはいつも強く印象に残る。たとえば『プライベート・ライアン』の最初のノルマンディ上陸のシーンのSE・サウンドイフェクト、音響効果だ。弾丸が空気を切り裂いて飛んでくる音、弾丸が水の中に入り走る音、薬莢《やっきょう》が地面に転がる金属音、弾丸が人間の身体にめり込む音、ＳＥとしてそれらが使い分けられていて、わたしはびっくりした。確か『プライベート・ライアン』は音響部門でアカデミー賞を取っているはずだ。

また『A.I.』では人間から捨てられたロボットが残酷なショーの中で廃棄されるシーン、『ジュラシック・パーク』で突然開けた視界の中を恐竜たちが走ってくるシーン、『マイノリティ・リポート』で虫型のロボットがトム・クルーズを探しに家に侵入してくるシーン、というように、偏執狂的に凝りに凝ったすばらしいディテールを持ったシーンが必ずある。それはスピルバーグが自ら映画へのモチベーションを維持するためのものだろう。

スピルバーグは、世界でもっともメジャーな映画監督になり、巨額の財産を作り、自らの映画制作会社も持ち、地位も名声もこれ以上はないというところまで上り詰めてしまった。もうずいぶん昔だが、エレノア・コッポラが『地獄の黙示録』の製作ノートとして残した『ノーツ』という本の中に興味深い記述があった。スピルバーグとジョージ・ルーカスとフランシス・コッポラの三人が、その中の誰かが所有する自家用飛行機に乗り合わせていて、三人とともものすごく憂うつそうだったというのだ。

当時その三人は、『ゴッドファーザー』と『スター・ウォーズ』と『ジョーズ』などで全米の興行収入の記録を次々に順番に塗り替えていた。「メジャーでの映画製作を夢見る無名の映画青年だったころは三人とも希望とエネルギーに充ちていたのに、極端な成功と多大な夢の実現は芸術家にある種の憂うつをもたらせるのだろうか」というようなニュアンスのことをエレノア・コッポラは書いていた。現在コッポラは『地獄の黙示録』を作ったころのような過剰なエネルギーを失ってしまったかのように見える。勘違いしないで欲しいが、わたしはコッポラにはっきりとしたリスペクトを感じている。『ゴッドファーザー&partII』と『地獄の黙示録』だけでも、フランシス・コッポラの名声と業績は映画界に燦然《さんぜん》と輝いている。

ジョージ・ルーカスはどちらかと言えばプロデュースに徹しているように見える。つまりものすごい成功を重ねてある種の贅沢な憂うつの中にあっていまだに旺盛な映画製作を続けているのは三人の中でスピルバーグだけかも知れない。その秘密が、偏執狂的な凝りに凝ったシーンではないかとわたしは想像する。それは「リアルな映像と音声」ということではない。「現実よりももっとリアルに観客に感じさせるための飽くなき欲望」みたいなものだ。とにかくあの『プライベート・ライアン』の冒頭の戦闘シーンのSEはすごい。黒澤明の『用心棒』以来人を刀で切るときのSEがつけ加えられるようになったが、それと同じで『プライベート・ライアン』のSEは以後の弾丸の発射音や跳弾の音の基本となっている。

＊

ユダヤ人であるスピルバーグの特別の思いがこもった作品『シンドラーのリスト』では、そのような偏執狂的な細部へのこだわりが影をひそめている。アウシュビッツに到着したユダヤ人が衣服を脱ぐシーンで徹底的にリアリズムにこだわりごく一般的な俳優を全裸にしているが、それは偏執狂的にディテールに凝った映像ではない。

『シンドラーのリスト』でもっとも印象に残るのは、ラスト近くで、「もっと多くの人を救えたはずだ」とシンドラーが後悔するシーンだろう。シンドラーから工場経営をまかされてきたベン・キングスレー演じる会計士が、「あなたはここにいる一一〇〇人を救った」と慰めるが、シンドラーは納得せず後悔したまま工場を去って車に乗り込むのである。

わたしは、さまざまな反省が押し寄せてきて「もっと正確にかつ力強く書けたはずだ」とか「遊ぶのを控えてもっともっとたくさんの小説を書くべきだったかも知れない」みたいなことをふと考えてしまうときに、シンドラーのことを思うようにしている。ユダヤ人の命を現実に救ったシンドラーと、小説家である自分を比べるのは傲慢で不謹慎かも知れないが、シンドラーは実にさまざまなことを示唆しているように思える。

シンドラーはドイツ軍やナチス親衛隊に賄賂《わいろ》をばらまき、当初はヒューマニズムではなく営利的な野心からユダヤ人を雇用しようとした。シンドラーが最初からヒューマニズムに基づいてユダヤ人を救おうとしていたら、ごくごく一部しか救えないという現実に対抗できなかっただろう。まず彼自身がナチスから断罪されてしまって、ユダヤ人を救うどころではなかっただろう。ヒューマニズムは重要ではないと言っているわけではない。だが、状況が困難な場合にヒューマニズムは必ず矛盾に突き当たる。ヒューマニズムを貫くためには、別の戦略が必要になる。それは「人道問題に人道的解決なし」という緒方貞子の至言に重なるものだ。

不祥事で、会社経営者はなぜペコペコ謝るのか

Friday, March 30, 2007
6:50 PM

航空会社などが大事故を起こしても決して謝罪をしない国があると聞いた。伝え聞いた情報なので真偽のほどはわからない。その国では、事故を起こした航空会社の責任者が記者会見などで出てきて、事故の状況と原因、遺体の収容状況、また遺族への補償、今後の対策などについては率直に話すが、決して謝罪はしないのだそうだ。もし日本でそんな態度を取ったら大変なことになるだろう。日本では、飛行機事故など大規模な災害以外でも、商品の内容表示が間違っていたとか、安全対策上問題があったとか、ありとあらゆる事故と不祥事について記者会見では責任者が深々と頭を下げる。テレビカメラなどメディアの連中に頭を下げてもまったく意味がないと思うのだが、まるで決まった儀式のようにその光景はほとんど毎日繰り返される。

そもそも謝罪というのは何のために必要なのだろうか。前述した航空機事故の場合、ひょ

っとしたら謝罪よりも具体的な情報と、それに補償のやり方・交渉の進め方、予想される補償額、そして今後改善されるべき安全対策などのほうがより重要な情報かも知れない。しかし、謝罪というコミュニケーション表現は、特にわが国の社会文化の中では非常に重要なものとなっている。謝り方しだいでトラブルは軽微にも深刻にもなる。

謝罪という行為は、まず自ら非を認める意味がある。発生した不祥事や悪事やトラブルや事故に関して、それが起こったのはわたしに責任があり、わたしが間違ったり悪かったりしたからです、という意思表示が謝罪に含まれる。非を認めるだけではなく、そのことが被害者に及ぼした被害についても認め反省して再発を防ぐための努力を約束する、というようなことも謝罪の機能として重要だ。謝罪された側は、不祥事や事故やトラブルを起こした側が、非を認め反省し再発防止を約束することで、怒りや悲しみを和らげ感情を慰撫される。

＊

謝罪ということで思い出すのは、ジョージ・ワシントンと桜の木にまつわる有名な逸話だ。どうもその逸話は事実ではなく創作らしいのだが、それでも謝罪を考えるモデルには成り得る。父親が大事にしていた桜の木を幼いワシントンは切ってしまった。誰がやったんだ、と怒る父親に対し、わたしがやりました、とワシントンは告白した。父親は、怒ったりせずに、ワシントンが正直に告白したことを喜び、お前の正直さは千本の桜の木より価値があると言って褒めた。というのが大まかなストーリーである。ただし、幼いワシントンは「わたしがやりました」とは確かに言ったことになっているようだが、「すみませんでした」と同時に謝罪もしたのかどうか、記憶がはっきりしない。ネットで調べてみたが、「わたしがやりました」とだけ記してあって、ごめんなさいとか、すみませんとか、ワシントンが言ったかどうかはっきりしない。

事実にしろ、創作にしろ、ワシントンが正直に自分がやったと告白して、それが謝ったことになっているのかどうか、興味深い。ワシントンの父親は、ワシントンの謝罪に対してではなく、「正直な告白」に対して褒めた、ということに関しては、たとえその逸話自体が創作だったとしても、どうやら忠実として認められているようだ。だとすると、アメリカの社会風土では、謝罪よりも正直に罪を認めたことが称賛されるのではないかという推測が可能だし、罪を認めることと謝罪は厳密には別の行為だという考え方も可能になる。

＊

ひょっとしたら「謝罪」という行為は特別なもので、当該の罪を認め責任を自覚し、補償の方法とその規模、それに問題の再発を防ぐ対策を示すという一連の表現と行為の外側にあるのかも知れない。当たり前のことだが、法治国家では刑事犯罪を犯すと警察・検察に逮捕・起訴され司法によって裁かれて罪が確定すれば罰金・禁固・懲役という刑を受けることになる。そのシステムと「謝罪」という行為はどう関係しているのだろうか。裁判において「謝罪」は「反省」の証として被告に有利になる。

だが「反省」というのは「謝罪」とは微妙に違う。罪を犯したことについて反省し二度と繰り返さないと約束することと、被害者に謝罪することは別の行為だ。冒頭に書いた事故を起こしても謝罪しないのが常識になっている国でも、おそらく反省はなされるだろう。謝罪という行為は、被害を受けた相手およびその親族などに対し、「わたしはあなたに不利益を与え傷つけました。そのことについてお詫びします」と謝ることだが、補償や反省とどちらがより重要だろうか。

最近の日本社会では、いや最近に限ったことではないのかも知れないが、原因究明や反省や補償や再発防止対策よりも謝罪が重要視されているような気がする。トラブルや事故や不祥事を起こした企業・団体のトップはとにかくまずテレビカメラの放列に向かって頭を下げることになっている。賞味期限を過ぎた食材を使っていて問題になった不二家だが、トップの会見ではやはり深々と頭《こうべ》を垂れていた。そういった謝罪会見ではいつもそうだが、わたしは違和感を持つ。不二家に限って言えば、わたしは不二家のお菓子をこの二〇年間まったく食べていない。ペコちゃんは好きだが、とにかく不二家が起こした問題でわたしは具体的な不利益をまったく被っていないのだ。

でもテレビカメラの放列に向かって頭を下げるので、結果的にテレビを見ているわたしも不二家のトップから謝罪されているような気持ちになる。別におれに謝る必要はないのに、といつも思う。とにかく強制的に謝罪を受けなければいけない構造になっている。アメリカではつい最近、陸軍が友軍の誤射で死亡した元有名フットボール選手の死因を隠蔽していたというので、国民を欺いていたと、軍を代表する形でスポークスマンが謝罪した。アメリカには御辞儀をして謝る習慣がないので、謝罪は基本的に、"We apologize"という言葉だけのものだった。

*

御辞儀というアクションを含む謝罪は、日本社会に必要なものだったのでこれまで習慣として続いてきたのだろう。謝罪はトラブルが起きたときに人間関係を円滑にする。道で誰かにぶつかられたり足を踏まれたりしたとき、ごめんなさいとか失礼しましたと言われると、とりあえず怒りが収まる。不二家の経営トップが、特定の「被害者」だけではなく「メディアを通して全国民」に謝罪するのは、「世間を騒がせ不安を抱かせ迷惑をかけた」という理由なのかも知れない。わたしは不二家のお菓子をまったく食べないので不安も抱いていなかったし迷惑も受けていないので謝ってもらっても困るのだが、全国民に対しての謝罪がないと日本社会では許してもらえない。

謝罪は被害者の感情を慰撫する。謝罪は「あなたに対し謝ります」という単なる感情表現なので、原因究明や補償の程度や事故の改善策などは含まれていない。謝罪そのものよりも原因究明や補償や改善策のほうが重要な場合は多いはずだが、日本のマスメディアは企業不祥事の記者会見などではとにかく謝らせようとするし、多くの国民もそれを望んでいるようだ。わたしたち日本人は、具体的な原因究明や補償や改善策を確かめるよりも感情的に慰撫されることを好むということになる。

感情の問題なので、謝罪によって感情が慰撫されないときは、「謝り方が悪い」「心がこもっていない」ということになって、どんなに謝っても許してもらえないことがある。謝罪については、もっと深く考えてみたい。今後もテーマとして取り上げることになると思う。

「ＮＯ」にあたる否定語がない日本

Friday, April 27, 2007 1:18 PM

　アメリカのヴァージニア工科大で、韓国系アメリカ人学生が銃を乱射し、三二人を射殺するという事件が起こった。悲惨な大量殺人事件で、いろいろな人・メディアがいろいろな観点から論評した。銃規制、韓国系アメリカ人への差別への懸念、孤独と鬱屈に彩られた犯人像、韓国におけるアメリカ留学への憧れ、最初の事件後の警察や大学の対応、さらに翌日に起こった前長崎市長射殺事件との類似性、多くのことが語られた。

　犯行の動機はガールフレンド（だと犯人が勝手に思ってストーカー的な行為をしていた）への恨みだということだが、それでは無関係な人を三〇人もなぜ殺さなければならなかったのか、わたしにはわからない。こういった異様で悲惨な大量殺人事件が起こると、人・メディアは不安に陥り、犯罪動機を知って納得し、安心したがる。そのことが間違っていると言うつもりはない。不安と恐怖から逃れたいというのは人間として当然の心理だ。

わたしがもっとも不可解に思ったのは、犯人はどうして一人で黙って自殺せずに三二人も道連れにしなければならなかったのか、ということだった。孤独と鬱屈、それに手痛い失恋で世をはかなんで自殺したいと思ったのだったら、さっさと一人で死ねばそれで済むし、親族にも、母国にも迷惑はかからない。犯人はどうして三二人を殺したあとに、自殺しなければならなかったかという問いは、社会的・心理学的なものというより、文学的なものだろう。「ガールフレンドを含む外側の社会全体と、それに自分自身を憎んでいて復讐しようと思っていたから」という理由なのだろうか。心神喪失状態だったのだろうか。ガールフレンドとその男友だちを射殺したあとに、三〇人も射殺し、さらに自分自身を殺したのは、いったいなぜなのか、結局わからないまま、事件は忘れ去られるのかも知れない。

＊

最初の二人の射殺事件のあとの大学当局と警察の対応に批判が集まった。メディアからの情報だけでこれを書いていて、しかも報道記事のすべてに目を通したわけではないのだが、最初の射殺事件のあと、犯人がさらに三〇人以上を無差別に射殺するという事態を想像するのはとてもむずかしいとわたしは個人的に思う。「ストーカー的な行為をしていた女性とその男友達を射殺した犯人」というのは一般的な犯罪パターンで、その時点で警察は、おそらく犯人は逃亡を謀《はか》る、と推測するだろう。つまり犯人は外へ逃げるということで、大学内にとどまって銃を乱射するという想像はしにくいのではないだろうか。

わたしは大学や警察の対応を擁護したいわけではない。ただ起こってしまった事件を通してことの推移を眺めるとバイアスがかかることが多い。長崎で起こった前市長射殺事件にしても、容疑者の男が何度となく行政への恐喝行為を働いていたことから警察や市の対応に問題がなかったのか指摘されていた。だが、行政への恐喝は数多いだろうが、実際に銃で市長を射殺するかも知れないという想像はやはりむずかしいのではないだろうか。自治体を恐喝しようとする者に対して、あるいは恐喝の被害者に対して、「恨みに思って銃を撃つかも知れないから」と監視を付けることは、人権上も、資金的にもむずかしいだろう。

異様で悲惨で衝撃的な事件が起こると、わたしたちはあたかもその事件が起こるべくして起こったかのように勘違いしやすい。なぜ事件を回避できなかったのかと、責任者を探し、責任を追及することで、不安や恐怖から逃れようとする。また犯人を特殊な人格の持ち主だと断定したがる傾向もあり、その特殊性を探そうとする。

前述したように、そのことが間違っているというわけではない。だがそういったアプローチには限界があり、次の事件を防ぐためには不充分だと思われる。「異様で悲惨な大事件を引き起こす可能性のある人間は現代社会では案外非常に多い」

「だが実際に事件を起こす人が多いわけではなく、あくまでも可能性を持った人が多いということである」

「しかし、多くの可能性の中から誰がどうやって実際に事件を起こすかを特定するのは極めてむずかしい」

というようなことだろうと思うのだが、そういった考え方は不安を解消してくれないのでメディアからも社会からも好まれない。

＊

今、上海でこの原稿を書いている。広州、昆明、桂林と回って上海に入り、一週間ほど滞在している。日本語のできる中国人と話す機会があって、彼らから興味深いことを聞いた。それは、日本語には「否定語」がない、ということだ。英語の「NO」にあたる言葉がないので、日本語を学ぶときに苦労したというのだ。イエス、ノー、に当たる日本語は、二択のアンケートなどでは「はい」と「いいえ」になるわけだが、日常的に「いいえ」はほとんど使わない。

ある中国人は、たとえば「あなたにこの魚を差し上げましょうか？」というような質問をしたときに「いいです、いいです」と日本人が答えるので、それが否定の意味だと気づくのに時間がかかったと言っていた。NO、という英語は、質問や聞かれたことに対して、まず最初に「否定」を示すもので、sir や ma'am を併用すれば大統領から幼児までが使うことができる。このことについては、『「わかる」とはどういうことか——認識の脳科学』（山鳥重著・ちくま新書）という書物にも書いてあった（ちなみにすばらしい本なので興味のある方はぜひお読みください）。

そういえば昔、情報科学を勉強する友人から日本語の文脈の特殊性について面白い例文を紹介されたことがある。「今晩、ちょっと一杯飲みに行かないか？」という上司からの誘いに「最近、肝臓の調子が悪いんですよ」と部下が返事する、というものだ。日本語のやりとりとしてはごく普通のものだろう。だが「情報のやりとり」としてはかなり特殊なのだそうだ。まずだいいちに、「ちょっと飲みに行かないか」という問いに対して、否定も肯定もせずに、自分の肝臓の調子の話をするのは他の国や地域の言語、それにコンピュータ言語に比べると特殊らしい。

「最近、肝臓の調子が悪いんですよ」という返事には当然「否定」のニュアンスがあるが、他にもさまざまなことが含まれている。まず、「お誘いありがとうございます、実は、わたしは、同行したくないというわけではなく、本当はぜひご一緒したいんですが」という前置きが含まれていて、それが省略されている。また、さらに深い部分に隠された意味として、

「わたしは本当のところはいっしょに飲みに行きたくないんですが、あなたの気持ちを台無しにしないように、こうやって調子の悪い肝臓を理由に挙げて遠回しに断っているのでそこのところを汲《く》んでいただけると助かります」というようなこともある。

勘違いしないで欲しいが、「NO」にあたる否定語がないから日本語はダメだと言いたいわけではない。否定語はすぐに気持ちや意見を言えるので便利なのだが、それがないのは不思議だと思うだけだ。

「どう生きるのか」という問いのない社会

Thursday, May 31, 2007 3:39 PM

現職閣僚の自殺はこれまでに例がないそうだ。松岡前農水相は同じ九州の出身で、あるパーティで見かけたことがあって何となく親近感があり、自殺をするくらいだから責任感の強いまじめな人だったのだろうが、どうして誰も「自殺してはいけない」と言わないのだろうか。わたしはわからない。勘違いしないで欲しいが、わたしは故人を攻撃・批判したいわけではない。社会として、自殺という行為を認めてはいけないのではないかと思うだけだ。

自殺に罰則を設けたほうがいいと思っているわけではない。北朝鮮には自殺を禁じる法律がある。自殺者を出した家では残りの家族が収容所に送られるなどして連帯責任で罰せられ、財産も没収される。社会主義なので大した財産はないだろうが、それでも家や土地や私有物をすべて没収される。わたしはそんな制度を提唱しているわけではない。ただ、自殺が異常なことで、決して実行してはいけないことだという共通認識を社会が持つべきではないかと思う。何よりも遺族は大変な苦しみと悲しみを背負わなければいけないし、自殺は社会から勇気を奪う。

松岡前農水相の死が最初にニュースで報じられたとき、NHKのアナウンサーは「首を吊って」という言葉を連呼した。ニュースなのだから事実を報じるのは理解できるが、「首を吊って」という言葉を連呼する必要があるのか、わたしは強い違和感があった。「松岡農林水産大臣が議員宿舎の自分の部屋で首を吊っているのを秘書とSPが発見し、病院へ運びました」というのは確かに「事実」だが、その報道の文脈に「あってはならない異常な事態」というニュアンスはまったく感じられない。

松岡前農水相の自殺も、あるいはいじめを苦にしての子どもの自殺も、絶望して中央線に飛び込む中高年の自殺も、「自ら死を選んではいけない」というメッセージがないまま、「淡々と」報じられる。そうやって自殺が報じられるたびに、自殺は異常なものではなく現実に確実に存在するという暗黙のメッセージが社会に刷り込まれる。だがそういった危機感は大手既成メディアのどこにもない。

＊

福島で、母親を殺害して首を切断し、バッグに入れて自首した少年がいた。この事件もメディアはそのまま「切断した首をバッグに入れて」と報じていた。母親の首を切断したことを報じなければいけないのだろうか。メディアには正確に事件を報じるという責務があるし、事件とそのディテールについて自己規制するのは危険だということもわかる。だが少年が母親を殺したと自首した、というのと、少年が母親を殺し切断した首をバッグに入れて自首したというのと、どういう違いがあるのだろう。

自分の母親を殺しさらに首を切断するというのは極めて異常な犯罪だ。極めて異常だから、そんなことをする人間は社会的に断罪されるべきで、そのために社会的な憤りを喚起するためにリアルに報道する、おそらくマスメディアの言い分はそんなところだろう。しかし、異常な犯罪を犯す予備軍がこの社会には少なからずいるという危機感がマスメディアにはない。規範というのは、ありとあらゆる機会を捉えた不断の刷り込みが必要で、最初から社会に備わっているわけではない。

政府の教育再生会議をはじめとして、道徳・規範の重要性が指摘されることが多くなった。だが封建時代や近代化の途上ならともかく、今の日本のような成熟した社会ではトップダウンで規範を落とし込むのは簡単ではない。母親を殺して首を切断した少年の学校では全校集会を開き、校長が「命の大切さ」を諭したらしい。たぶん「命は何よりも大切なものです」と言ったのだろう。

校長が「命は何よりも大切です」と訴えたあと、松岡前農水相の自殺という事件が起こったわけだが、現職の閣僚が「首を吊って自殺しました」とあらゆるマスメディアで連呼されるのを、福島の生徒たちはどういう思いで聞いただろうか。命が何よりも大切だったら自殺は間違った行為ではないか、とよほどのバカではない限り、生徒たちはそう思うのではないだろうか。子どもは大人より経験値が少ないが、いずれその中に入っていかなければならない社会を真剣に見つめている。校長の言うこととメディアの報道には整合性がないと彼らは気づくだろう。

*

テレビ東京の番組「カンブリア宮殿」で最後にゲストに対し「あなたが考える人生の成功者の条件を一つ挙げてください」と聞いている。わたしは成功したと思っていないと答えるゲストもいた。実はわたしも、自分が成功したとは思っていない、というか、そんなことを考えてもまったく意味がない。自分は成功者だと思うヒマがあったら、資料の一冊でも読んだ方がいいし、成功したぞと自覚すると危機感が磨耗する危険性もある。

わたしが「人生の成功者」について質問しているのは、子どもや若い人たちに「成功者」の定義を正確に伝える必要があるのではないかと思うようになったからだ。誰だって成功した人生を送りたいと思っているはずだ。人生の失敗者になりたいと思う人はいない。子どもや若い人は、人生の敗残者になるのをひどく恐れる。しかし今の日本社会には正確な「成功者」の定義も正確なイメージもない。お金があって、健康で、いい友だちがいっぱいいて、他人から尊敬されて、幸福な家族に囲まれて、いい趣味をいくつか持っていて、みたいな感じの曖昧なイメージが漂っているだけだ。

それでは、お金がどのくらいあれば「成功者」と言えるのか、何とか食べていけるだけあればいいのか、長者番付に載るくらい必要なのか、自家用ジェット機が買えるくらい必要なのか、わからない。それがわからないと、子どもや若い人はどういう風に努力をすればいいのかがわからなくなるのではないだろうか。いい友だちがいっぱいいて、と言うが、それでは「いい友だち」とはどう定義するのか、いっぱいとは何人くらいいればいいのか、すべてが曖昧だ。

教育再生会議をはじめ、社会的規範や規律の重要性の指摘は多いが、「どういう風に生きればいいのか」という本質的な問いへの言及はほとんどない。親や教師を殴ってはいけない、校庭にバイクを乗り入れてはいけない、煙草を吸ってはいけない、みだりにセックスをしてはいけない、家出をしてはいけない、授業中にフラフラと教室を歩き回ったり叫び声を上げたり私語をしたりしてはいけない、などと「……してはいけない」という禁止項目がいろいろと挙げられているだけで、「どうやって生きていくのか」という問いも、その答えも、論議すらもないように見える。近代化途上では自明のことだった。「近代化に尽くす」生き方をすればよかったし、それは実際に合理的だった。

教育再生会議の委員たちや、文部科学省の役人や、メディアや、教師や、大人たちは、子どもたちに対し、どうあって欲しいと思っているのだろうか。どんな子どもが望ましいと考えているのだろうか。たぶん、理想の子どものモデルを示すことはもう無理なのだ。「どうやって生きていくか」は規範ではなく戦略の問題だ。戦略の論議がなく規範だけが求められることと、自殺の蔓延は無関係ではないとわたしは考えている。

解　説

小島貴子

解説というものが「この本は作者がこのようなことを伝えたいと思って書いているのです。何故なら……」というように作者の意図を読者に分かりやすく分析したり、説明をするものだとしたら、このエッセイの解説は、著者と読者にとって「余計なお世話」以外の何物でもないのではないだろうか？　と私は悩んだ。正直に言うと、読めば読むほど考えることがたくさん出てきて、ここに書かれていることについて読者と膝を突き合わせ夜を徹して話し合いたいと思ったほどだ。

もし唯一、村上龍のエッセイに対して私が解説らしきものを書く理由を探すとすれば、私の生業であるキャリア・カウンセラーという仕事かもしれない。キャリア・カウンセラーという仕事は、まだまだ馴染みがないかもしれないが、不確実で社会変化の速い時代に起きるキャリアの転機（特に予期せぬ出来事）で、自分の今後が不安になったりする人達に、自分ではなかなか見えない可能性や能力に気づく支援をし、新しいキャリアへ踏み出す応援等をする仕事である。

彼の本を読み続けているうちに、仕事への疑問が湧きその展望の模索が始まった。そして私の仕事への姿勢が激変してきたのはちょうど２０００年だった。

２０００年に発表された「共生虫」「希望の国のエクソダス」、２００１年の「最後の家族」そして２００３年の「13歳のハローワーク」など数多くの作品は、その当時の私の仕事の現場と辛くなるほどシンクロしていた。彼の本を読むことはある意味で、私の今後の仕事を知ることとなのだと、正直なところ少々憂鬱な気分になっていた。村上龍の本を読むたびに、どういう視点を持つと彼の発想や表現になるのだろう？　といつも思っていた。

しかし、彼の本を読み続けていると確実につく能力が幾つかあった。それは、本当にそうなのか？　という疑問を持つ能力である。もうひとつは、見えていないものを探って、それは何故見えないようになっているのか？　という見えないものを見るようにする姿勢だった。

私の父も同じ姿勢を持っていたように思う。父は大正生まれで終戦直後に朝鮮半島から日本に引き揚げて来た。文字通り裸一貫という状況だったようだ。生まれ育ったところが焼け野原で何もなくなってしまったのを見て父は、この状況を作ったのは自分達だと強く感じたと言っていた。強い意欲と社会の活気の溢れる高度成長期に私は育った。エネルギッシュに見えた私の父だが、どこかで、何かを何時《いつ》も信じていないような醒めたことを言う男だった。ある日政治腐敗に関するニュースを見ていた時、父が「信じるな、疑え、聞け、言わせるんだ」、「信じるだけでは守れないことがある」と声を荒らげたことを、このエッセイを読んでいると思い出す。

村上龍は、社会を理解するために「文脈」と「問いを立てる」ことの重要性を繰り返し言っている。このエッセイの中で彼は何度も「誤解しないでほしい」という断りを入れている。それは、彼の保身ではなく、彼は多分誤解などを恐れてはいないだろうが、ただ読者が彼の書いたものをそのまま受け入れるか、または、単純に拒絶するような読み方をする可能性がありそうなので、「敢えて！」という丁寧なコメントを入れることで更に一歩踏み込んで考えてほしいというメッセージだと私は感じている。何故ならば、彼の「誤解しないでほしい」というコメントがなければ、私は「単純に誤解する読者」なのだから（そう、村上龍は、実に誠実で丁寧な人間なのだ)。

世の中には、不可思議な仕組みがあり、見えてこないようになっているが確実に存在していることがあること。便利だと感じているが実際は、誘導され、作られて慣らされていることなどが多く存在していること。それを知ることは、ある意味自分を守ることに繋がることが出来るのに、繋がろうとしない危うさを村上龍は「文脈」を考えろ、「問いを立てろ」と言い続けているのだと思う。

「文脈」を考えることは、私の仕事のひとつである、就職支援の現場でも必要とされている。バブルが崩壊し、突然会社から放り出された多くの中高年のリストラされたサラリーマンが「こんなはずではなかった」と自分のキャリアの断絶に呆然とした。高度成長期の世の中で「良い大学」と言われたところから「良い会社」と評されていたところへキャリアを繋げることは、「幸せの人生」へのパスポートと信じられていた道を信じて歩んでいたのだから。そんな梯子《はしご》の外し方をした会社と経済状況の対応等に対して多くの人が非難の声を上げた。しかし、日本社会を見てみるとバブルの崩壊も終身雇用的な働き方の終焉《しゅうえん》も外圧的なことだけでなく、私達日本が作ってきたものであることが分かるのではないだろうか。

また、成長期の分かりやすい欲求として「モノ・金」「名誉・地位」「学歴・社名」等が一般的な社会的価値観だった。偏差値が高い学校へ入学するということと、難易度の高い学問を学べるということが一致するならば「良い大学」とは、「学問の内容が深く難易度の高い大学」になるだろう。しかし高度成長期からの日本では、偏差値の高い大学へ入ることが、社会的にステータスの企業やライセンスを得られる機会が多い「良い大学」となっていた。

同じように「良い会社」という定義の中身も「自分にとって興味や手応えのある会社」とする者もいれば「給料の高い」「ネームバリュー」と様々な「良い」を持つはずなのだが、今日の日本の学生の多くにとって「安定して多くの人が知っているグローバルな企業」が「良い会社」となっていると言わざるを得ない。私達は「良い」という中身の吟味をせずに盲信してはいないだろうか？

就職超氷河期と言われている今、学生はどのような就職活動をしているかと言えば後者の「良い会社」に入るための活動をしているのだ。

学生を求めている会社が「良い学生」を採用するために、学生側へ加工した企業情報を提供し、その加工された情報を取得した学生は、それに適応したように加工した自己情報を会社へ提供する。学生には、企業と学生という二者しか見えてこないが、実際には就職をマーケットとした「就職市場」が存在し、無数の営利企業が一見すると企業や学生の意に沿ったように見えるサービスや企画を提供している。この加工した情報を提供するのは、会社が作ったものではなく、ある意味現代社会が作った「就職市場」なのである。

この市場は、企業にとっては様々なメリットがあるように見えるが、本当にそうなのか？就職市場の利益を確実に受けたと感じる者は、求人企業でも求職学生でもなく、「就職市場」で利益を得る様々な仕組みであることは、社会でも薄々分かっているのに、それに対して「それで良いのか？」という問い掛けをしていない。

恥ずかしながら、私も声を上げていない人間のひとりである。

だがそれを言い続け、問い掛け続けなければいけないのだと、村上龍のエッセイは教えてくれる。

――キャリア・カウンセラー

この作品は二〇〇七年七月ＫＫベストセラーズより刊行されたものです。

幻冬舎文庫

●最新刊
日と米
爆笑問題の日本史原論
爆笑問題

「ペリー来航」からはじまる日本の近代史は常にアメリカとともにあった。日本に大きな影響を与えているその歴史のすべてを、爆笑問題が大笑いさせつつ解読。あなたはアメリカを許せますか!?

●最新刊
鹿男あをによし
万城目　学

「さあ、神無月だ――出番だよ、先生」。ちょっぴり神経質な二十八歳の「おれ」が、喋る鹿(!?)に命じられた謎の指令とは？　古都・奈良を舞台に展開する前代未聞の救国ストーリー！

●最新刊
ベイジン(上)(下)
真山　仁

巨大原発「紅陽核電」では、日本人技術顧問の田嶋が共産党幹部・鄧に拘束されていた。鄧は北京五輪開会式に強行送電。眩い光は灯ったが……。希望を力強く描く、傑作エンターテインメント！

●最新刊
ジバク
山田宗樹

美人妻と高収入の勝ち組人生を送るファンドマネージャー麻生貴志、42歳。だが、虚栄心を満たすための行為によって、彼は残酷なまでに転落していく――。『嫌われ松子の一生』の男性版。

●最新刊
ニューヨーク地下共和国(上)(下)
梁石日《ヤン・ソギル》

「君に知らせたいことがある。九月十一日は絶対外出しないように」。ゼムはある日、一本の不可解な電話を受けた。9・11にNYで遭遇した著者が真の正義と人間の尊厳を描き切った傑作長編！

すぐそこにある希望《きぼう》

すべての男《おとこ》は消耗品《しょうもうひん》である。Vol.9

村上龍《むらかみりゅう》

平成22年4月10日　初版発行

発行人——石原正康
編集人——永島賞二
発行所——株式会社幻冬舎
〒151-0051東京都渋谷区千駄ヶ谷4-9-7
電話　03(5411)6222(営業)
　　　03(5411)6211(編集)
　　　振替00120-8-767643
印刷・製本—中央精版印刷株式会社
装丁者——高橋雅之

幻冬舎文庫

ISBN978-4-344-41470-9　C0195　　む-1-30